Jutta Reitze

Zeit zu sterben

Erzählung

Für Tim und Moritz

Dreißig Stunden werde ich warten. Dreißig Stunden muss ich warten, sonst war alles umsonst. Ich sitze in Viktors Labor, an SEINEM Schreibtisch. Das Magnetotron ist im Raum nebenan, nur durch die dicke Glasscheibe hinter mir von mir abgetrennt. Dreißig Stunden muss ich noch stark sein. Was danach sein wird? Falls ich durchhalte... Nein, nicht falls. Ich darf nicht schwach werden. Ich will es nicht. Ich muss, ich will das hier zu Ende bringen. Ich bin bereit, für das einzustehen was ich tue. Und überhaupt...seit Tori nicht mehr ist... Wofür soll ich da überhaupt noch leben? Ohne Tori ist die Welt nur noch grau und kalt und leer. Tori. Noch immer kann ich seinen Namen nicht aussprechen, ohne zu weinen. Wenn ich an ihn denke...seine Arme um meinen Hals. Seine sanfte Stimme an meinem Ohr. Sein Lachen. Seine ernsten Augen, voller Intelligenz, voller Verstehen, voller Liebe. Tori. Wenn Viktor diese Worte jemals lesen wird, wird er vielleicht verstehen. Vielleicht wird er bedauern, was er getan hat. Vielleicht würde er mit mir weinen wollen – doch das wird dann nicht mehr möglich sein. Wenn ich stark bleibe, werden wir uns nie mehr wieder sehen. Wenn ich stark bleibe, wird sich Viktors und mein Leben so ändern, dass wir niemals mehr zusammen sein werden. Das ist es doch was ich will? Warum frage ich eigentlich, und wen frage ich? Ich weiß es doch sowieso. Ich will Viktor niemals mehr wiedersehen. Ich will niemals mehr in seine kalten Augen schauen müssen. Ich will niemals mehr seine Nähe spüren.

Und doch, jetzt, in diesem Moment, glaube ich Viktor zu spüren. Seine Augen auf meinem Nacken. Mir ist, als blicke er über meine Schultern, als lese er gerade, was ich schreibe. Folgt dem Erscheinen der Buchstaben auf dem Bildschirm, doch wie immer wird ihm alles zu langsam gehen – jetzt erst recht. Ich will, dass Viktor liest, was ich hier schreibe. Die nächsten dreißig Stunden werde ich hier bleiben und alles aufschreiben. Meine Geschichte. Toris Geschichte. Viktors Geschichte. All das will aus mir raus. Seit Monaten rumort es in meinem Inneren, fühle ich mich elend. Ich habe es so lange zerkaut, geschluckt, hoch gewürgt und wieder hinunter geschluckt, dass ich mir vorkomme, als sei ich nur noch die Hülle für einen giftigen Brei. Er wabert in mir hin und her. Und wenn ich ihn nun raus lasse?

Ich weiß nicht, ob ich es wirklich für mich selbst tun will. Vielleicht will ich all das auch nur raus lassen, weil ich mich noch immer danach sehne, dass Viktor mich versteht und etwas anderes in mir sieht als ein interessantes Forschungsobjekt. Wenn ich sentimental bin, kommt es mir noch immer so vor, als wäre seine Liebe das einzige, was mich retten kann. Aber das sind Worte aus einem schlechten Liebesroman, und das, was ich hier schreibe, ist kein Roman. Keine Fiktion. Ich existiere. Noch. Dreißig Stunden lang. Ich denke an Tori und ich weiß, dass nichts und niemand mich retten kann, wenn ich den giftigen Brei in mir behalte. Und selbst wenn ich ihn endlich loswerde, ausspeie, auskotze – vielleicht kann mich auch das nicht mehr retten. Vielleicht bin ich so verloren wie Tori es war und wie Viktor es jetzt ist.

Vielleicht sieht Tori mich von dort, wo er jetzt ist. Was weiß ich schon. Viktor nennt mich gerne „Dummerchen". Am liebsten vor anderen. Durchaus zärtlich, mit seinem ironischen Nobelpreisträger-Lächeln.

Viktor, brillant, hoch intelligent, gut aussehend. Reich. Wie eine Figur aus einem Rosamunde Pilcher Roman. Viktor, Teil eines elitären Clubs von Wissenschaftlern und Unternehmern. Seine Kontakte stammen zum großen Teil noch aus der Schulzeit. Natürlich ging Viktor auf ein Internat. Seine Eltern waren schon auf dem Burginternat Finkenstein am Chiemsee. Dort hatten sie sich kennen gelernt und ihre ehrgeizigen Pläne geschmiedet. Reich waren beide schon als Kinder. Berühmt wollten sie sein, angesehen, anerkannt, bewundert. Beide waren laut Viktor sehr intelligent, strebsam, gnadenlos. Und Viktors Vater erhielt dann tatsächlich den Nobelpreis für Chemie. Den Nobelpreis! Seine Mutter verzehrte sich vor Neid auf ihren Gatten. Sie setzte alle Kraft in Viktors Erziehung und Bildung. Viktor sollte noch besser sein als sein genialer Vater.

Viktor...liest du diese Worte gerade? Ich weiß, dass du deinen Vater gehasst hast. Auch wenn du immer so tust, als sei er dein großes Vorbild. Dein größter

9

Wunsch ist es doch, ihn zu übertrumpfen, etwas Bleibenderes zu schaffen als er. Chemiker? Wer kann genialer als ein genialer Chemiker sein? Du bist so schlau, Viktor! ...fast glaube ich, deinen Widerspruch zu hören: „Du Dummerchen, ich bin nicht schlau. Ich bin genial." Aber ich weiß, dass das nicht sein kann. Ich kann deine Stimme nicht hören können. Ich kann dich nicht sehen können. Solltest du hier sein, kann ich dich nicht spüren können. Wo bist du jetzt? Was bist du jetzt? Wenn ich darüber nachdenke, merke ich, wie die Schwäche in mir hoch kriecht. Sie umschlingt meine Füße, dringt in mich ein, zieht die Beine hoch. Sie umfängt meinen Unterleib und zieht sich durch die sich windenden Darmschlingen immer höher... Ich darf mich der Schwäche nicht ergeben. Ich muss stark sein. Also werde ich einfach nur schreiben. Nicht denken. Nicht fühlen. Nur Schreiben. Dann hat die Schwäche keine Chance. Sie muss mich aus ihrer Umklammerung entlassen. Ich bin stark. Ich werde hier sitzen und alles aufschreiben. Bis die Zeit vorbei ist. Dreißig Stunden. Ich werde nicht schlafen. Nicht essen. Geschlafen habe ich in den letzten Monaten ohnehin nicht mehr viel. Der Schlaf ist düster. Der Schlaf macht schwach. Der Schlaf öffnet den Dämonen die Tür, lässt mich als Spielball für sie zurück. Ich habe mich daran gewöhnt, nur wenig zu schlafen. Müdigkeit und Erschöpfung sind besser als die Dämonen der Nacht mit ihren Quälereien. Also dreißig Stunden werde ich durchhalten.

Wo fange ich an? So viele Bilder in meinem Kopf, so

viele Worte. Und Viktors Stimme, tadelnd, erziehend, besserwisserich. Du Dummerchen, du Dummerchen, du Dummerchen, du Dummerchen....

Wenn ich Viktor etwas erzähle, unterbricht er mich meistens ganz schnell. Einer seiner Lieblingssprüche: „Wenn schon nicht logisch, dann doch wenigstens chronologisch!" Dann lacht er sein ironisches Nobelpreisträger-Lächeln und ich verstumme. Ich weiß, dass Viktor sich schon lange nicht mehr dafür interessiert, was ich denke oder erlebe oder fühle. Eigentlich hat er es nie getan. Aber früher dachte ich wenigstens, dass er es tut. Früher...es erscheint mir so lange her zu sein, dass Viktor und ich uns kennen gelernt haben. Acht Jahre und ich denke immer „Früher". Vielleicht liegt es daran, dass ich keine Zukunft mehr für mich sehe. Acht Jahre sind ein großer Teil meines bisherigen Lebens – und vermutlich auch meines gesamten Lebens. Wenn diese dreißig Stunden vorbei sind...

Ich will die Zeit nutzen! Dreißig Stunden – wie viele Worte werde ich in dieser Zeit wohl schreiben können? Gerade habe ich eine Stoppuhr gestartet und lasse sie nun laufen. Ich glaube nicht, dass ich viel werde nachdenken müssen. Ich will einfach nur schreiben, meine Gedanken sofort zu Buchstaben auf dem Bildschirm werden lassen, nicht prüfen, ob es richtig oder klug ist. Wie viele Worte ist mein Leben wert? Wie viele Worte kann ich schreiben in der Zeit, die ich hier in Viktors

Labor ausharren muss? Fünfundzwanzig Wörter in zwei Minuten. Nicht besonders viel. Oder doch? Das bedeutet, ich werde in einer Stunde siebenhundertfünfzig Wörter schreiben können und in dreißig Stunden mehr als zweiundzwanzigtausend Wörter. Ich kann gar nicht einschätzen, ob mein Leben so viele Wörter wert ist. Wie viele Seiten die Wörter füllen werden. Ich habe schon viel geschrieben. Laborberichte, wissenschaftliche Beiträge, an Viktors Veröffentlichungen mitgearbeitet...aber natürlich niemals etwas Persönliches. In der Wissenschaft Worte zu finden ist einfach. Zahlen, Daten, Fakten. Interpretationen, Schlussfolgerungen. Die Worte kommen schnell angeflogen wenn es darum geht, über das Wachstum von Bakterienkulturen unter klar definierten Bedingungen zu berichten. Wenn es darum geht, die unterschiedlichen Versuchsanordnungen zu beschreiben. Alles findet sich in Dateien, in Listen und Tabellen. Es geht nur darum, den Zahlen, den Daten, den Fakten ein semantisches Zuhause zu geben. Aber mein Leben beschreiben? Mein Leben mit Viktor? Wie viele Seiten ist mein Leben wert? Mehr Seiten als die Dissertation über den Einfluss von Diazepam auf das Wachstum von E.Coli Bakterien umfasst? Vermutlich nicht. Vielleicht braucht es nicht mehr Worte als ein Fachartikel im Science International über die steigende Belastung von Seeteufel mit den radioaktiven Isotopen des Caesiums. Wenn ich dreißig Stunden in dem Tempo weiter schreibe, werden am Ende an die hundert Seiten gefüllt werden. Und wer wird sie jemals lesen? Viktor vielleicht – sollte es ihm möglich sein, dort, wo er jetzt ist. Viktor hat jetzt alle

Zeit der Welt dafür. Tori hätte ein Recht gehabt zu erfahren, was wirklich passiert ist, aber Tori wird diese Seiten niemals zu Gesicht bekommen. Also bleiben wieder nur Viktor und ich. „Wenn schon nicht logisch, dann doch wenigstens chronologisch!" höre ich Viktor wieder sagen. Also versuche ich, meine Geschichte chronologisch zu erzählen.

Als ich Viktor kennen lernte, war ich dreiundzwanzig. Groß, nicht dick, aber auch nicht besonders schlank. „Stämmig" wie Viktor sagt. Manchmal, wenn er sehr bösartig gestimmt ist, sagt er auch „grobschlächtig" - und manchmal muss ich mich dann nackt vor den großen Spiegel stellen und mich zwingen, mein Äußeres mit den Augen eines Fremden zu betrachten um zu spüren, dass Viktor mir nur wieder weh tun will. Mein Bild von mir selbst ist so schwankend, wie mein Leben, bis ich Viktor traf. Ich taumelte auf einem unerkennbaren Weg, zwischen Jahren mit fantastischen Zeugnissen und Sitzenbleiben, zwischen begeistertem Lob des einen Lehrers und dem ungnädigen Kopfschütteln des nächsten. In einem Schuljahr – ich glaube, es war die neunte Klasse – brachte ich es auf so viele unentschuldigte Fehlstunden, dass ich kurz vor einem Schulverweis stand. Ich verbrachte die Zeit in der Fußgängerzone mit meiner Clique, entschlossen, niemals so zu werden wie meine Eltern und doch darauf zusteuernd deren Abbild zu werden. Nach der 10. Klasse verließ ich die Schule, begann zwei Lehren, die ich beide abbrach und trank zu viel Alkohol. Ein vages Interesse an

Biologie und eine engagierte Mitarbeiterin der Arbeitsagentur bescherte mir schließlich eine Ausbildung als Biologisch-Technische Assistentin. Am Berufskolleg traf ich Gleichgesinnte − Schulabbrecher, ehemalige Schulverweigerer, die eine zweite Chance suchten. In den Kolleg-Laboren pipettierte, sezierte, präparierte ich und fand erstaunlicher Weise auch wieder Gefallen am Lernen. Mir fiel wieder ein, wie es war, damals, als mein Vater noch nicht auf und davon und meine Mutter noch nicht vollends dem Alkohol verfallen war. Wie ich sonntags die Sendung mit der Maus guckte. Die Erklärung einer atomaren Kettenreaktion mit den von Mausefalle zu Mausefalle springenden Tischtennisbällen oder warum der Himmel blau erscheint. Denn er ist es nicht, wie so vieles, von dem wir denken, dass es IST, in Wirklichkeit nur SCHEINT. Meine vielen Fragen, oft belächelt, oft unbeantwortet, aber auch diese seltenen Momente, wo mein Vater sich die Zeit nahm und mir erklärte, wie Galilei einst Steine vom schiefen Turm in Pisa warf und am Ende erkannte, dass die Erde ein Kugel ist. Oder der Nachmittag, als wir einen unserer seltenen Spaziergänge unternahmen und er mir − als ein Krankenwagen vorbei raste − etwas über den Doppler-Effekt erklärte. Kurze, glückliche Momente. Damals wollte ich Physikerin werden oder Ärztin oder Astronautin. „Setz dem Mädel keine Flausen in den Kopf" war alles, was meine Mutter dazu sagte.

Im Labor wollte ich auf einmal wieder etwas schaffen. Ich wollte ein anständiges Mädchen sein, wie Eliza

Doolittle in My Fair Lady. My Fair Lady war MEIN Märchen. Ich sah es an einem Sonntagmorgen, ich muss ungefähr elf gewesen sein. Auf jeden Fall war mein Vater schon auf und davon, verschwunden mit einer anderen Frau, mit einigen gebellten Abschiedsworten an meine Mutter und einem wehmütigen Streicheln meines Kopfes. Als Reaktion auf sein Fortgehen intensivierte meine Mutter zunächst ihren Bier- und Weinkonsum um dann kurze Zeit später zu erkennen, dass sie mit Wodka ihr Ziel wesentlich schneller, preiswerter und durch weniger Toilettengänge unterbrochen erreichen konnte. In dieser Zeit war der Fernseher oft stundenlang frei zugänglich – Mutter lag im Bett und schnarchte. Als ich auf My Fair Lady stieß, kam mir der Film altmodisch vor. Die Version mit Audrey Hepburn von 1964. Aber Eliza fesselte mich, mit ihren großen Augen, ihrer vulgären Sprache und ihrem Trotz. Und Eliza war allein, wie ich. Nur ein nichtsnutziger Säufer als Vater, keine Mutter, kein richtiges Heim. Eliza tat mir leid. Ich wünschte ihr ein besseres Leben, als auf der Straße alte Blumen zu verkaufen. Mit elf wusste ich schon genug um zu verstehen, dass Eliza Angst davor hatte, eine Nutte zu werden. Nutte dachte ich damals. Heute würde ich natürlich (besonders in Viktors Gegenwart) ein Wort wie Nutte nicht benutzen. Ich habe gelernt, mich gepflegt auszudrücken. Wie Eliza. Eliza, die ihre Chance nutzte, als sie sich bot. Die das aus einer Laune heraus gemachte Angebot von Professor Higgens, ihr Sprachunterricht zu geben und aus ihr eine feine Dame zu machen einforderte und sich bei Professor Higgens einquartieren ließ. Die übte und übte, an sich arbeitete und am Ende die Herzen von so vielen Menschen gewann. Viktor wurde mein Professor Higgens. Wie Eliza suchte ich seine Nähe, ließ mich grob von ihm behandeln, voller Hunger nach Wissen, Anerkennung und Lob. Eliza war zart und elfenhaft. Ich war bestenfalls „normal". Vielleicht gibt es bei mir deshalb kein Happy End. Vielleicht ist Viktor auch einfach ein schlechterer Mensch als Professor Higgens. Oder die Geschichte von Eliza und Professor Higgens hörte einfach zu früh aus. Wer weiß, wie es mit den beiden weiter gegangen wäre, wenn das Drehbuch nicht bei der Szene aufgehört hätte, wo Eliza dem Professor mit glücklichem Lächeln die Pantoffeln bringt. Eliza hätte sich die Unverschämtheiten ihres alten Professors sicher nicht ewig gefallen lassen. Und an jungen, charmanten Verehrern mangelte es ihr ja nicht. Freddy zum Beispiel, der sie heiraten wollte. Ich konnte damals verstehen, dass sie zum grantigen Professor zurückkehrte. Auch ich bin bei Viktor geblieben...obwohl...ich hatte nicht viele Verehrer. Auf jeden Fall keinen, der annähernd an Viktor heran kam.

Viktor...Gerade glaube ich wieder, deinen Blick zu spüren. Ist in deinen Augen Hass? Natürlich weißt du längst, was mit dir passiert. Vermutlich hast du es schon in dem Moment gewusst, als du deine Augen geöffnet hast. Als die Wirkung der Medikamente nachließ. Du bist zu sehr Wissenschaftler, um nicht sofort eine ungewöhnliche Situation zu durchschauen. Du wirst ganz ruhig gesessen haben, deine Umgebung mit deinem

Scannerblick analysiert haben, deine letzte Erinnerung an unser Abendessen aktiviert haben und gemerkt haben, dass etwas nicht stimmt. Ganz und gar nicht stimmt. Auch wenn dir ein Teil der Erinnerung fehlt. Hast du versucht, Kontakt mit mir aufzunehmen? Aber nein, ich will nicht an dich denken. Nicht daran, dass vielleicht sogar du Angst haben kannst. Wenn du merkst, dass du mich nicht mehr beeinflussen kannst. Wenn du merkst, dass du die Situation nicht mehr unter Kontrolle hast

Damals hat Viktor mich sehr beeinflusst. Wir trafen uns das erste Mal im Labor von NST. Ich kannte seinen Namen, denn er hatte NST mit einigen begleitenden Untersuchungen beauftragt. Ich pipettierte stundenlang kleine Reagenzgläser, nahm Proben für den Gaschromatographen, klebte die ausgedruckten Ergebnisse auf die Reagenzgläser und verschloss diese wieder. Nach der Arbeit im Labor ging ich zum Abendgymnasium, machte endlich mein Abi und begann, Chemietechnik im Abendstudium zu studieren. Zeit für etwas anderes hatte ich nicht, aber das störte mich nicht weiter. Ich hatte ein Ziel und arbeitete dafür. Aber die Elfjährige in mir wünschte sich trotzdem, dass eines Tages jemand wie Professor Higgens kommen würde und mich meinem Ziel entgegen führen würde. Jemand, der für mich sorgen würde und sich um mich kümmerte – endlich einmal.

Viktors Auftrag an NST war eine spannende Arbeit über die Beschleunigung von Alterungsprozessen bei Einzellern. Alterung im eigentlichen Sinne gibt es bei Protozoen natürlich nicht, aber die Zeit zwischen zwei Zellteilungszyklen unterliegt einem mehr oder minder vorgegebenen Schema. Viktor arbeitete an einer Forschung zur Beschleunigung dieser Zellteilungszyklen und NST hatte den Auftrag für einige Versuchsreihen erhalten.

Als Viktor kam, um sich ein Bild von unserer Arbeit zu machen, schüttelte er auch mir die Hand. Der Laborleiter stellte mich vor, und ich wurde mir wieder einmal bewusst, dass ich noch nicht viel erreicht hatte in meinem Leben. „Unsere wissenschaftliche Assistentin, Hanna Schmitz. Sie hat Dr. von Michalis und Dr. Berger-Holthaus unterstützt". Alle um mich herum waren diplomiert oder hatten einen Doktor, nur ich war „Assistentin". Und dann mein Name! Wie fühlt man sich mit einem Nachnamen wie Schmitz? Manchmal glaube ich, das einzig Positive, was mir meine Eltern mit auf den Weg gegeben haben, ist mein Vorname. Hanna. Hanna kommt aus dem hebräischen und bedeutet Anmut oder Gnade. Das hat mir natürlich Viktor erzählt: „Wenigstens dein Name ist anmutig. Eine große Gnade!" Und wieder sein ironisches Nobelpreisträger-Lächeln. Aber das ist mir egal – inzwischen. Hanna ist ein schöner Name. Viele berühmte Frauen hießen Hanna oder Johanna. Johanna von Orleans, diese wilde und tiefgläubige Kämpferin. Wie sie wäre ich gerne – nur ohne einen frühen Tod auf dem Scheiterhaufen. Oder Hanna, die Mutter des Propheten Samuel. Sie erbat nach langer Unfruchtbarkeit ein Kind von Gott. Dafür versprach sie ihm, das Kind dem Glauben zu schenken. Kaum auf der Welt, gab sie den kleinen Samuel einem Priester, damit er Gott dienen könne. Eine traurige Geschichte. Ich weiß wie es ist, ein Kind zu verlieren. Aber Hanna bekam danach noch viele Kinder. Vielleicht könnte auch ich noch Kinder bekommen. Noch bin ich nicht zu alt. Einunddreißig ist im einundzwanzigsten Jahrhundert kein Alter für eine Frau. Die Hanna aus der Bibel war da wahrscheinlich schon Großmutter. Aber ich könnte...

Nun, auf jeden Fall war mir mein Nachname sehr peinlich. „Frau Schmitz, das ist Professor Doktor von Braunmühl. Genau, von Braunmühl, wie der Chemie-Nobelpreisträger. Sie haben ja schon viel von ihm gehört." Ich nickte andächtig. Viktor erschien mir überirdisch, unerreichbar. Ich stellte mich schon darauf ein ihm hinterher zu schauen, da fing er ein Gespräch mit mir an. Frau Dr. Berger-Holthaus wurde nervös, als Viktor mir immer weitere Fragen stellte und sich gar nicht für ihre Ergebnisse zu interessieren schien.

Die dreiundzwanzigjährige Hanna Schmitz, zwar nicht schlecht im Labor zu gebrauchen aber in ihrem Alter gerade erst Studentin, allenfalls leidlich gut aussehend, zog die Aufmerksamkeit von Prof. Dr. Dr. von Braunmühl auf sich. Doktor der Physik mit weltweit beachteten

Veröffentlichungen zur dunklen Materie, zum Raum-Zeit Kontinuum, mit einer populär-wissenschaftlichen Abrechnung von Heisenbergs Unschärfe, die sich in allen wichtigen Sprachen millionenfach verkauft hat, Doktor der Biologie, immer dann Gast in Talkshows, wenn es um Gentherapie, deren Machbarkeit und Grenzen, geht. Gastprofessor an bedeutenden Universitäten im In- und Ausland. Mitgesellschafter der bedeutendsten Kinderwunsch-Klinik in Europa. Begehrter Junggeselle von neunundvierzig Jahren, der auf Benefiz-Bällen mit wechselnden, langbeinigen Schönheiten auftaucht, unterhielt sich mit mir, Hanna Schmitz, ein Meter achtundsiebzig groß, siebenundsechzig Kilogramm schwer, von eher bäuerlicher Gestalt und mit kurzen blonden Haaren. Hanna Schmitz, deren Vater verschwand, als sie acht Jahre alt war, deren Mutter erst Trost und Vergessen und anschließend ihren eigenen Niedergang im Alkohol fand. Hanna Schmitz, die mit sechzehn von der Schule abging, einer unrühmlichen Karriere als Fast-Drogensüchtige, die nur dank einer an das Gute selbst in Hanna glaubende Sozialarbeiterin endlich wieder auf die Beine gekommen ist und mehr schlecht als recht eine zweifelhafte akademische Laufbahn einzuschlagen versucht. In Laborkittel und Laborschuhen. Mit Schutzbrille auf der zu breiten Nase. Auch Herr Dr. von Michalis war irritiert. Hatte er etwas an mir übersehen? Er schätzte mich sicherlich als Arbeitskraft, aber ich war mir absolut sicher, dass er mich gänzlich uninteressant als Frau fand. Zu jung, zu gewöhnlich, nicht repräsentativ, nicht brillant, nicht witzig.

Schließlich drückte Viktor mir seine Karte in die Hand und bat mich darum, einen Gesprächstermin mit seinem Sekretariat zu vereinbaren. Er sei sehr an der Förderung junger Nachwuchskräfte in der Wissenschaft interessiert. Insbesondere sei er der Meinung, dass mehr Frauen in die Forschung gehören, denn Frauen seien selbstloser und kreativer – zwei Eigenschaften, die einen Wissenschaftler gut zu Gesicht stünden. Zu sprachlos, um meine Stellung im Labor zu korrigieren, lächelte ich artig und kaufte mir noch am selben Abend sein Buch: „Heisenbergs unscharfer Blick – Von Viktor Braunmühl". Kein „Dr. Dr.", kein „von". Nur Viktor Braunmühl. Ich fing an zu lesen und war begeistert. Von seinem Intellekt, seiner Eloquenz, seinem Sprachwitz, seiner ironischen Art, die Wissenschaft zu betrachten. Noch bevor das Buch zu Ende war, war ich hoffnungslos begeistert. Ich wollte werden wie er. Mich ausdrücken können wie er. Berühmt und bewundert sein wie er. So wurde Viktor zu meinem Professor Higgens.

Viktor war eine Ausnahmeerscheinung – sowohl in der Welt der Wissenschaften als auch in der Welt der Wirtschaft. Als Sohn seines berühmten Vaters wurde er schon früh in jede nur erdenkliche Richtung gefördert. Und anders als viele Kinder von ehrgeizigen Eltern brach er nicht aus, sondern folgte mit großer Zielstrebigkeit und unstillbarem Ehrgeiz dem Ziel seiner Mutter, berühmter zu werden als der berühmte Vater. Seine Mutter, die ich nur noch als einen Schatten ihres früheren Ich kurz vor ihrem Krebstod kennen lernte, suchte in Viktor die Legitimation für ihren Verzicht auf eine eigene Karriere. Denn ihre Überzeugung, dass ihre eigene Intelligenz weit über der ihres berühmten Gatten lag, wollte sie niemals aufgeben.

Viktor hatte mit sechzehn Jahren sein Einser Abitur in der Tasche. Er absolvierte in kurzer Zeit parallel ein Studium der Physik und der Biochemie. Mit zweiundzwanzig hatte er seinen ersten Doktortitel, mit vierundzwanzig begann er noch, Medizin zu studieren. Als Viktor dreizig war, hatte er bereits ein Institut für Präimplantations-Diagnostik aufgebaut und wurde Inhaber einer Kinderwunsch-Klinik, die binnen kurzer Zeit zu großer Bekanntheit gelangte. Kurz danach gründete er mit den gigantischen Einnahmen aus der Klinik und dem PID-Institut sein „Interdisziplinäres Forschungszentrum für würdiges Altern". Viktor ist der Überzeugung, dass sich Geld nur mit der Befriedigung von Trieben verdienen lässt. Die Grundtriebe, die Arterhaltung und die Selbsterhaltung, finden laut Viktor ihren Ausdruck in der Erfüllung des Kinderwunsches und dem Hinauszögern des eigenen Dahinscheidens. Ein Paar oder ein einzelner Mensch, der sein Genmaterial nicht weitergeben kann, wird unglücklich. Ein unglücklicher Mensch zahlt viel, wenn der Grund für sein Unglück beseitigt werden kann. Ein glücklicher und erfolgreicher Mensch zahlt ebenfalls viel, wenn die Endlichkeit dieses Zustandes noch hinaus gezögert werden kann. Viktor hatte schon früh auf den Anfang und das Ende des

Lebens als große Einnahmequelle gesetzt.

Wenn ich mir vorstelle, wie Viktor meinen jämmerlichen Versuch, sein großartiges Leben als Wissenschaftler zu beschreiben, lesen wird, treibt es mir die Schamesröte ins Gesicht. Zum Glück wird Viktor dann nicht mehr die Gelegenheit haben, seinen Spott über mir auszugießen, denn ich werde für ihn auf Ewig unerreichbar sein. Das tröstet mich und macht mir gleichzeitig Angst. Trost, weil ich Viktors Spott, der so ätzend wie Säure über meine Seele rinnt, besonders, seit ich Tori nicht mehr habe, nicht mehr ausgesetzt sein werde. Angst, weil ich nicht weiß, was kommen wird, wenn die dreißig Stunden vorbei sind. Inzwischen schreibe ich ja schon eine Weile...also sind es gar keine dreißig Stunden mehr. Ich schaue auf die Uhr. Schon mehr als drei Stunden sitze ich hier in Viktors Labor, an Viktors Schreibtisch. Wie mag es Viktor gerade gehen? Aber nein, nein, nein, ich will nicht über Viktor im Hier und Jetzt nachdenken oder darüber, was mit mir passieren wird. Ich muss mich zwingen, bei meiner Geschichte zu bleiben, bei Viktors Geschichte und bei Toris Geschichte. Ich muss die Zeit überbrücken, die restlichen siebenundzwanzig Stunden schreiben. Vielleicht werde ich zwischendurch kurz einschlafen. Ich weiß nicht, ob ich es schaffen werde, so lange am Computer zu sitzen. Irgendwann werden meine Augen müde werden, meine Arme, mein Rücken. Aber ich will es versuchen.

Viktors „Interdisziplinäres Forschungszentrum für würdiges Altern" - Ifowa - war auch Auftraggeber für die Studie, an der ich bei NST arbeitete. Damals hielt ich Ifowa für eine wunderbare Sache. Hier wurde das große Gesellschaftsthema des einundzwanzigsten Jahrhunderts – das Alter – auf Herz und Nieren erforscht. Viktor gelang es, neben privaten Investoren auch in großem Maßstab Forschungsgelder des Bundes und der EU zu erhalten. Ein Standbein war die Demenzforschung. Hier konnte Ifowa mit seinen Studien die Entwicklung neuer Medikamente voranbringen. Viktor wurde von der Pharma-Industrie hofiert und unterstützt, denn Medikamente gegen das Fortschreiten der Demenz boten einen schier unerschöpflichen Markt. Neben sehr pragmatischer und zielorientierter Forschungen arbeitete Ifowa auch an völlig neuen Ansätzen zum Verständnis von Alterungsprozessen.

Warum altern alle höheren Organismen? Der physiologische Vorgang des Alterns als elementarer Bestandteil des Lebens ist der Wissenschaft auch im einundzwanzigsten Jahrhundert noch ein Rätsel, trotz allen Detailwissens. Keine der vielen Alterstheorien ist bis heute wirklich wissenschaftlich akzeptiert. Ifowa untersucht die Prozesse des Alterns, die laut einhelliger Wissenschaftsmeinung irreversibel sind, auf die Möglichkeit hin, diese zu verlangsamen. Hinter den Kulissen von Ifowa liefen ganz andere Dinge, die ich im Laufe meiner Zeit mit Viktor allmählich durchschaute. Ich will Viktor nicht dafür verurteilen, dass er seinen Geist und sein

Wissen dafür nutzt, das theoretisch Machbare auch jenseits von Gesetz und Moral zu tun, zumal ich mich für Toris Rettung auch über Gesetz und Moral gestellt hätte – wenn sich die Möglichkeit geboten hätte.

Eine nicht versiegende Einnahmequelle von Ifowa war auch schon damals, als ich Viktor kennenlernte, die Behandlung von alten, sehr reichen Menschen mit teuren oder neuen oder nicht zugelassenen Therapien gegen das Altern. Wie das System genau funktioniert, kann ich auch heute noch nicht beschreiben. Dass es dabei nicht immer mit rechten Dingen zuging, war mir ziemlich schnell klar. Stammzellentherapie, Frischzellentherapie, Hormon-Therapie, Organ-Lifting...alles schöne Worte, hinter denen sich aber mitunter sehr schmutzige Details verbergen. Warum Viktor dieses Risiko eingeht, verstehe ich ebenfalls nicht. Er hat so viel Ansehen, soviel Geld... Aber Viktor will alles, was denkbar ist, machbar machen und alles was machbar ist auch tun. Gesetze? Sind was für Kleingeister., nicht für ein Genie wie Viktor. Er bringt seine Abneigung gegen Juristen, Anwälte, Notare gerne zum Ausdruck: „Alles kleingeistige Möchtegern-Musterschüler und Möchtegern-Millionäre. Keinen wachen Geist, keine Phantasie, kein Esprit. Wer braucht Anwälte?" Natürlich nutzt auch Viktor hier und da seinen Anwalt, Dr. Kretein. Ich glaube, Viktor hat ihn sich nur wegen seines unmöglichen Namens ausgesucht. Bei den wenigen Terminen, wo ich dabei war, nutzte Viktor genüsslich jede Gelegenheit, um ihn mit seinem Namen anzusprechen. Wobei er das Kre-tein aussprach wie das französische Crétin.

Als ich Viktor kennenlernte, waren sowohl die Klinik für Kinderwunsch, das angeschlossene PID-Institut als auch die Ifowa auf Erfolgskurs. Viktor war reich, berühmt und erfolgreich und den einzigen Schatten warf der Bauchspeicheldrüsenkrebs seiner Mutter auf sein Leben. Viktor hatte ein durchaus angespanntes Verhältnis zu seiner Mutter. Sie hatte ihn immer unterstützt und gefördert, aber Viktor war im Laufe der Jahre klar geworden, dass sie dies nicht nur aus reiner Mutterliebe getan hatte. Ihr Ehrgeiz, Viktor zu einem erfolgreicheren Wissenschaftler als ihren Ehemann zu machen, trieb sie unbarmherzig an – genauso unbarmherzig, wie sie ihren Sohn antrieb. Natürlich liebte Viktor seine Mutter auch im Rahmen seiner Möglichkeiten und sehnte sich nach ihrer Anerkennung. Dass sie ausgerechnet an einem Krebs erkrankte, der so gut wie keine Chancen auf Heilung kannte, nahm Viktor ihr übel. Er konnte nicht auftrumpfen mit all seinem Wissen, all seinen Kontakten zu den besten Ärzten und Therapeuten. Er musste zusehen, wie sie verfiel, was er nur schwer ertragen konnte. Vor allem, weil er sich so ohnmächtig fühlte. So zog er sich von ihr zurück und wollte nicht mehr teilhaben an ihrem Verfall, den zu stoppen er unfähig war. In dieser Stimmung lief er mir bei NST über den Weg.

Wie Eliza Doolittle ging ich freiwillig in die Unterdrückung. Einige Tage nach unserer ersten Begegnung rief ich zaghaft in seinem Büro an, eigentlich überzeugt davon, dass ich ohnehin nicht zu ihm würde durchdringen können. Als ich meinen Namen nannte, wurde die Sekretärin sehr freundlich und richtete mir aus, dass Herr von Braunmühl zur Zeit leider nicht telefonieren könne, er aber für den Fall meines Anrufs darum gebeten hätte, dass ich doch freundlicher Weise meine Telefonnummer hinterlassen solle, damit er sich melden können. Ich war so unglaublich fasziniert davon, dass Viktor sich überhaupt für mich interessiert hatte. Ich hinterließ meine Telefonnummer und konnte mein Glück kaum fassen. In den nächsten Tagen trug ich mein Handy immer bei mir, sogar, wenn ich aufs Klo ging. Später trieb mir Viktor eine so gewöhnliche Sprache aus und statt aufs Klo zu gehen, machte ich biologische Pausen oder suchte den Waschraum auf, aber damals war ich noch die alte Hanna. Wenig damenhaft, bodenständig – und selbstständig. Denn als ich Viktor kennenlernte, war ich – anders als er später immer behauptete – nicht auf dem Weg nach unten. Mit erschien mein Ziel zwar schwer zu erreichen, aber ich hatte ein Ziel. Doch Viktor war zu verlockend. Auf einmal schien alles viel leichter. Heute weiß ich, dass ich ohne Viktor ein glücklicherer und zufriedenerer Mensch geworden wäre. Unglücklicher als ich es heute bin, kann ein Mensch allerdings sowieso nicht sein! Tori ist nicht mehr bei mir, Viktor werde ich wohl nie mehr wieder sehen, alles, was mir wichtig war und was ich liebte, ist unerreichbar für mich. Aber ich will jetzt nicht darüber nachdenken, wie ich mich fühle. Wie groß

27

mein Unglück ist.

Viktor rief einige Tage später an. Er bestellte mich für den nächsten Freitagabend in ein Restaurant. Keine romantische Einladung, er teilte mir nur sehr nüchtern Zeit und Ort mit und fragte erst gar nicht, ob ich wolle oder könne. Oben und unten war zu klar. Ich hatte also drei Tage, um mir Gedanken über meine Garderobe zu machen und immer nervöser zu werden. Ich stand vor meinem Schrank mit Jeans, Blusen und Sweatshirts und wusste, dass ich damit im Restaurant „Im Wasserturm" bestenfalls als Hausmeisterin durchgehen würde. Seit ich im Labor arbeitete, hatte ich ein wenig Geld gespart – ich hätte mir also durchaus etwas Schickes zum Anziehen kaufen können, aber ich hatte keine Ahnung, was. Schließlich ging ich mit feuchten Händen, einer schlichten schwarzen Hose, einer weißen Bluse und einer bunten Kette zu meinem Rendezvous mit Viktor von Braunmühl.

Viktor hatte einen Tisch am Fenster reserviert, mit einem phantastischen Blick über die Stadt. Als der Kellner mich zu ihm führte, lächelte er sehr freundlich und bedankte sich durchaus charmant für mein Erscheinen. Dann stieg er direkt ein, fragte nach meiner Vergangenheit, meiner Familie, meiner Schulbildung, meiner Gesundheit, meinen Zielen. Zwischen dem Amuse-Gueule – rote Beete Schaum und ein Gänseleber-Pralinee – und der Vorspeise – Terrine von drei

Gemüsen mit einer Krevetten-Vinaigrette – durchleuchtete er meine Freizeitgestaltung. Vor dem Hauptgericht – Seeteufel und Jakobsmuschel an Selleriepüree mit einer Essenz von der lila Tomate – wurden meine Schul- und Drogeneskapaden thematisiert, mein Zerwürfnis mit der Mutter heraus gekitzelt und meine Bildungsdefizite seziert. Trotz des für mich ungewöhnlichen Essens fühlte ich mich von Minute zu Minute schlechter, gewöhnlicher, langweiliger und verstand nicht, warum Viktor überhaupt mit mir hier saß. Schließlich traute ich mich, beschwingt durch die korrespondierenden Weine, nach dem Hauptgericht die eine oder andere Frage zu stellen. Aber noch bevor der Nachtisch serviert wurde – Mousse von weißer und schwarzer Schokolade – hatte Viktor schon wieder geschickt von sich abgelenkt und führte mein Verhör weiter.

Ich war wie gefesselt von seiner selbstsicheren Art. Ich war ein braves, kleines Mädchen, das brav auf alle Fragen antwortete und sich nicht traute, etwas zu beschönigen oder zu verschweigen. Ich fühlte mich unsicher und zugleich sicher in meiner Unterlegenheit und war willig, ihm die Führung zu überlassen. Ich fühlte mich wie ein Kind, das an die Hand genommen wurde. Ich aß das Essen, das er bestellt hatte, ich trank den Wein, den er ausgesucht hatte und beantwortete die Fragen, die mir gestellt wurden. Endlich zeigte mir jemand, wie das Leben so funktionierte. Jemand, der wusste, welchen Wein man bestellt, wie man

Gesprächspausen füllt, wie viel Freundlichkeit man dem Kellner schenkt. Und für den es ganz in Ordnung war, dass ich all das nicht wusste. Die Rollen waren klar verteilt.

Eigentlich habe ich erst vor wenigen Monaten ganz begriffen, was damals mit mir passierte. Als ich Viktor kennenlernte, fand ich seine Vorgehen zwar ungewöhnlich, aber die gesamte Situation und die Aussicht auf den ungeheuren Aufstieg, den ich an Viktors Seite würde erleben können so berauschend, dass ich Viktors Motivation nicht hinterfragte. Ich wunderte mich, dass Viktor sich für eine so gewöhnliche Frau wie mich interessierte, aber schnell nahm ich es als ein wundersames Geschenk an. Viktor sprach über meine Bodenständigkeit, mein Durchhaltevermögen auf dem steinigen Bildungsweg, meine Entschlossenheit zu Studieren mit großer Bewunderung. Ihm sei seine berufliche Laufbahn quasi in die Wiege gelegt worden, aber ich hätte kämpfen müssen. Er lullte mich ein, er strahlte mich an, er machte, dass ich mich besonders fühlte und zeigte mir einen Weg aus Kampf und Anstrengung.

Viktor untersuchte mich auf Herz und Nieren, nahezu im Wortsinne. Während ich in fast ehrfürchtiger Verliebtheit seine Nähe genoss, prüfte er nur, ob ich die geeignete Probandin für sein neustes Projekt war. Das Projekt „Familie". Schon wenige Tage nach unserem ersten „Rendezvous" (heute würde ich es eher als Vorstellungsgespräch bezeichnen) klärte mich Viktor über seine Pläne auf. Wir hatten uns bis dahin noch nicht einmal geküsst – nicht, dass wir uns später viel geküsst hätten, aber es war doch eine große Merkwürdigkeit, über Ehe und Kinder zu reden, ohne überhaupt nur einen Kuss ausgetauscht zu haben.

Viktor wollte ein Kind haben. Und er wollte, dass sein Kind eine Mutter bekam. Diese Mutter sollte ich sein. Dafür, dass ich meine Eizellen und meine Mutterliebe zur Verfügung stellte, sollte ich viel bekommen. Viktor bot mir die Ehe an. Viktor wollte eine Frau, die in Über-maße die Eigenschaften besaß, die – wie er glaubte – ihm aufgrund seiner Herkunft fehlten. Durch-haltevermögen, Kampfgeist, aber natürlich auch Intelli-genz. Er wollte keine Karrierefrau an seiner Seite, sondern eine Mutter für sein Kind. Ich würde in einem schönen Haus leben, sein Kind oder seine Kinder groß ziehen, und ansonsten ein gemütliches Leben führen. Viktor würde mir helfen, ein besserer Mensch zu werden, ich könnte lernen und studieren (solange ich für das Kind da wäre und keinen eigenen Ehrgeiz entwi-ckeln würde) und hätte keine Sorgen. „Warum ich?" fragte ich ihn. Viktor lachte. „Du bist genau die Frau, die niemand an meiner Seite vermuten wird. Sie werden alle schockiert sein. Du bist nicht besonders hübsch (ich schluckte), nicht besonders gebildet (ich schluckte wieder), nicht reich und nicht berühmt. Du willst nicht ins Rampenlicht. Keiner wird dich besonders beachten. Meine Kinder werden in Ruhe und Geborgenheit aufwachsen. Das ist alles, was ich will." Nicht gerade eine Liebeserklärung. Wie verliebte Frauen aber so sind, beschloss ich, dass Viktor in Wirklichkeit ganz anders fühlte, diesen Gefühlen aber keinen Ausdruck verleihen konnte. Aus mir noch nicht bekannten Gründen musste er seine Liebe zu mir kaschieren, wahrscheinlich, weil ich eben nicht dem Bild der Frau an seiner Seite entsprach. Kein berühmter und reicher Mann heiratet eine Frau, die er nicht will. Ich dachte damals, „Wollen" bedeute auch „Lieben". Und wenn Viktor mich heiraten wollte – musste er mich doch auch lieben. Mir erschien es wie ein Traum.

Viktor nahm mich mit zu seiner sterbenden Mutter. Mit strahlenden Augen teilte er ihr mit, dass er heiraten und Kinder bekommen würde. Sie müsse keine Angst vor dem Tod haben, denn ihre Gene würden weiterleben. Ich weiß nicht, ob sie überhaupt verstand, was er sagte. Ihr vom Morphium getrübter Blick lag ungläubig auf meinem Gesicht und sie sprach kein einziges Wort. Wenige Tage nach meinem einzigen Besuch bei ihr starb Klara von Braunmühl, Witwe des Nobelpreisträgers für Chemie, Alexander von Braunmühl. Auf ihrer Beerdigung erschien der einzige Sohn, der ebenfalls berühmte Wissenschaftler und Arzt Prof. Dr. Dr. Viktor von Braunmühl mit einer jungen Frau an seiner Seite. Nicht besonders hübsch, aber groß und schlank und voller Bewunderung für den Mann, der sie am Arm führte. Nach der Beerdigung seiner Mutter schlief Viktor das erste Mal mit mir.

Drei Monate später heirateten wir. Es war eine kleine Hochzeit, nur Viktor und ich und der Standesbeamte. Viktor sagte, eine Feier so kurz nach dem Tod seiner Mutter hielte er für unangemessen. Viktor ließ mich allerhand Dokumente unterschreiben, einen Ehevertrag mit diversen Verzichtserklärungen für den Fall, dass die Ehe geschieden würde. Seine Firmen und seinen Besitz wollte er schützen, aber gleichzeitig enthielt der Ehevertrag auch eine Regelung, die mir im Falle eines Scheiterns ein bequemes Auskommen zusichern würde. Ich war zufrieden. Ich konnte mir ohnehin nicht vorstellen, warum ich Viktor jemals verlassen sollte. Ich liebte diesen skurrilen Wissenschaftler und fand zu diesem Zeitpunkt seine Versuche, mir vorzumachen unsere Ehe sei ausschließlich eine Kinderzeugungszweckgemeinschaft, verschroben und charmant zugleich. Denn schließlich wollte er sein Erbgut mit dem meinen vermischen – also musste er mich doch anziehend finden, mich für wertvoll halten und wohl auch lieben. Ich freute mich auf den Tag, an dem Viktor seine Liebe zu mir zugeben würde. Ich fand mich auch schnell damit ab, dass Viktor für Sex nicht sonderlich viel übrig hatte. Wir schliefen an den fruchtbaren Tagen miteinander, kurz und zielorientiert wie Viktor bei allem war. Wilde Ekstase hielt Viktor für unangemessen. Er könne auch ganz ohne Sex leben, teilte er mir mit, aber zur Zeugung eines Kindes sei Sex zunächst doch noch die erste Wahl. Als ich nach acht Monaten immer noch nicht schwanger war, schlug Viktor mir vor, das Studium ruhen zu lassen und mich ganz darauf zu konzentrieren, schwanger zu werden. Am besten mithilfe all der Möglichkeiten, die seine Kinderwunsch-Klinik zu bieten hatte. Ich ließ es geschehen, genau wie ich alles andere, was Viktor für meine Entwicklung vorsah, geschehen ließ.

Ich „unterbrach" mein Studium und blieb zuhause. Eine Zeitlang wohnte Anja, eine alte Freundin von Viktors Mutter bei uns und leistete mir Gesellschaft, denn Viktor arbeitete viel und war häufig auf Reisen. Mich nahm er nie mit. Anja war Physikerin und emeritierte Professorin und eine Dame von Welt. Sie unterrichtete mich, kaufte mit mir ein und half mir, die Frau zu werden, die Viktor sich an seiner Seite vorstelle. Anja war Lehrerin in Viktors Internat gewesen, und aus Gründen, die mir zu diesem Zeitpunkt weder Anja noch Viktor mitteilten, war sie in einer wirtschaftlichen Schieflage. Viktor bezahlte sie dafür, dass sie mir Gesellschaft leistete. Ich mochte Anja irgendwie. Sie war mütterlich und stilsicher, gebildet und amüsant. Sie hatte keine Kinder und es machte ihr offensichtlich Spaß, mich anzuleiten. Auch wenn ich schon vierundzwanzig Jahre alt war, war ich doch eine willige und aufmerksame Schülerin.

Anja begleitete mich auch in die Kinderwunsch-Klinik, Dort wartete Viktor bereits auf mich. Vom eigenen Mann gynäkologisch untersucht zu werden, war schon sehr merkwürdig. Kurz überlegte ich, ob das vielleicht ein Spiel war und Viktor dort in dieser Atmosphäre endlich zu dem leidenschaftlichen Liebhaber werden würde, nach dem ich mich so sehr sehnte. Doch kaum hatte ich diesen Gedanken gedacht, kam Viktor schon ganz professionell in des Untersuchungszimmer, begrüßte mich freundlich, als sei ich irgendeine Patienten und erklärte mir, welche Untersuchungen er durchführen würde und warum. Ich war eingeschüchtert von diesem gut aussehenden Mann in weißer Jeans und weißem Hemd, der da zwischen meinen gespreizten Schenkeln saß und mit Wattestäbchen Abstriche von meinem Muttermund nahm. Der mit seinem Magnet-Relief-Ultraschall das Innere meiner Gebärmutter auf einen riesigen Bildschirm über mir zauberte und mich zwischendurch freundlich tätschelte. Ich glaube, in diesem Moment hatte Viktor tatsächlich völlig vergessen, dass seine Frau vor ihm lag, dass es um seinen eigenen Kinderwunsch ging. Ich war einfach nur eine Patientin, der er die letzten Unterleibs-Geheimnisse mit seinen Geräten und Chemikalien entlocken konnte.

Nach der Untersuchung verließ Viktor mit einem freundlichen Gruß das Zimmer und sagte, er würde sich melden, sobald die Untersuchungsergebnisse komplett seien. Ich rief ihm noch irritiert „Bis heute Abend" nach, aber Viktor war schon davon geeilt. Anja wartete auf mich in der Besucherlounge - ein wunderschöner Wintergarten mit Blick auf den Klinikpark, eingerichtet mit tiefen und bequemen Sesseln, einer Kaffeebar, Bildschirmen und Bücherregalen. Sie lächelte mich an und brachte mich zurück nachhause.

Einige Tage später teilte mir Viktor mit, dass ich eine Hormontherapie machen müsse, weil wir eine künstliche Befruchtung vornehmen würden. Eine Diskussion darüber gab es nicht. Viktor erklärte mir etwas von Aminosäuren-Unverträglichkeit und schlechten Überlebenschancen der Spermien. Eine In-Vitro-Fertilisation durchzuführen sei für uns quasi so selbstverständlich wie das Mit-Nachhause-Nehmen von Apfelsinen für einen Obsthändler. Ich versuchte, Viktor davon zu überzeugen, dass wir noch Zeit hätten und es erst mal weiter so versuchen könnten, aber Viktor erstickte jede Diskussion im Keim und sagte: „Meine Entscheidung steht fest." Ich erwiderte nichts mehr. Ich wusste, dass eine Hormontherapie, die bei künstlichen Befruchtungen eingesetzt wird, nicht ohne Nebenwirkungen ist. Viktor verschrieb mir Clomifen, ein Medikament, das dem Körper vorgaukelt, es würden zu wenige Hormone gebildet, um einen Eisprung zu verursachen. Derart verschaukelt, fängt die Hirnanhangdrüse an Hormone im Überfluss zu produzieren, die dazu führen, dass mehrere Eizellen im Zyklus heran reifen – die Super-Ovulation. Außerdem schwellen die Eierstöcke an und sind leichter zu punktieren. Hitzewallungen, Kopfschmerzen, Übelkeit, Gewichtszunahme... Viktor verbot mir, den Beipack-Zettel zu lesen. Es sei wissenschaftlich erwiesen, dass Nebenwirkungen häufiger auftreten, wenn der Patient um sie weiß. Daher sollte ich unbeschwert bleiben und würde demzufolge auch weniger leiden... Viktor entwickelte eine Zielstrebigkeit, die mir unheimlich war.

Ich sprach mit Anja darüber. Anja versuchte mir zu erklären, dass Viktors Zielstrebigkeit mit seiner Erkrankung in Zusammenhang stehen würde. „Schließlich hat er lange nicht daran geglaubt, überhaupt noch Vater werden zu können. Und nun will er eben alles dafür tun, dass es doch noch passiert." Anja sah, dass ich von nichts wusste. „Hat Viktor dir nicht erzählt, dass er als junger Mann Hodenkrebs hatte? Man musste ihm einen Hoden entfernen. Aber der scheint ja wohlauf. Zu sein." Anja lächelte. „Schließlich kennen wir beide sein Spermatogramm." Als ich Viktor darauf ansprach, wurde er fuchsteufelswild. „Anja hatte kein Recht dazu, dir so etwas zu erzählen. Ich will nicht daran erinnert werden. Und ich will auch nicht darüber reden. Was bildet sie sich eigentlich ein...nur weil meine Mutter immer alles ausplaudern muss...ich kann diese Tratschweiber nicht ausstehen. Nichts, aber auch gar nichts, kann ich für mich behalten. Sie saugen alles aus dir heraus." Ich war erschrocken von Viktorias heftiger Reaktion und versuchte, ihn zu beruhigen. „Ich bin doch deine Frau. Keine Sorge, ich werde es nicht weiter erzählen, wenn du das nicht willst. Anja wollte doch nur, dass ich verstehe, warum du..." Viktor unterbrach mich barsch. „Kein Wort mehr davon. Kein Wort mehr von Anja. Ich will sie nicht mehr sehen." So verschwand Anja wieder aus meinem Leben. Ich akzeptierte Viktorias „Wunsch" keinen Kontakt mit Anja aufzunehmen. Denn ich ahnte mehr als dass ich wusste: Ein Wunsch von Viktor war ein Befehl, den ich zu befolgen hatte.

Heute kommt mir das alles so unwirklich vor. Ich hinterfragte nichts, ich schluckte brav die Hormontabletten,
ließ mir nahezu täglich Blut abnehmen, und erschien
schließlich zu meiner ersten Eierstock-Punktion.
Eigentlich hätte ich damals schon verstehen müssen,
dass für Viktor dieser Weg der Zeugung viel eher als der
natürliche erschien – in seiner Welt. Die beste Eizelle,
das beste Spermium, in bester Umgebung kontrolliert
miteinander vereint, sollten dazu führen, dass der erste
Nachkomme von Prof. Dr. Dr. Viktor von Braunmühl
auch gut gelänge. Denn etwas anderes war für Viktor
nicht vorstellbar. Schon die erste befruchtete Eizelle, die
in meinen Hormon-gepuschten Körper gespült wurde,
nistete sich vorschriftsmäßig ein. Ich war schwanger.

Viktor ging die Schwangerschaft – MEINE Schwangerschaft – an wie alles in seinem Leben. Ein Projekt, das
ein perfektes Ergebnis liefern sollte. Analysiere die Fakten, nutze die Erkenntnisse anderer Forschungen und
Studien, definiere das gewünschte Ergebnisse, schaffe
optimale Rahmenbedingungen und beste Ressourcen,
überlasse nichts dem Zufall – dann wird das Ergebnis
auch perfekt ausfallen. Er bemühte sich derart um mein
Wohlbefinden, dass ich mich immer sicherer mit ihm
fühlte – Viktor musste mich lieben! Er umsorgte mich
(oder ließ mich umsorgen) mit allem, was mich froh
und glücklich machte. Unsere Köchin variierte meine
Lieblingsgerichte mit eisen- und magnesiumhaltigen
Zutaten, ich bekam Erdbeeren (wegen der Folsäure) in

rauen Mengen – trotz Winter. Wozu gibt es am Flughafen jeden morgen eine Frachtmaschine aus Südafrika? Ich arbeitete stundenweise in den Labors von Ifowa, natürlich an Projekten, wo ich keinen Substanzen ausgesetzt war, die sich negativ auf meine Gesundheit und die des Embryos hätten auswirken können. Mein Geist war beschäftig, ich bekam interessante Aufgaben, die ohne großen Aufwand zu einem Ergebnis und Erfolgserlebnis führten und wurde viel gelobt - ich schrieb das alles meiner Kraft zu, die aus einer glücklichen Beziehung und der Schwangerschaft entstanden war. Wir besuchten Konzerte, gingen ins Kino, machten einen Kurztrip nach Venedig. Alles ein Ausdruck von Viktors Liebe und Vorfreude...dachte ich.

Heute weiß ich, dass Viktor anders dachte. Eine glückliche werdende Mutter hat einen hohen Serotonin- und Endorphin-Spiegel – das wirkt sich positiv auf die Hirnentwicklung eines Embryos aus. Eine wohl ernährte werdende Mutter, reich an Vitaminen und Spurenelementen – das wirkt sich positiv auf die körperliche Entwicklung des Embryos aus. Klänge von Mozart, die streichelnden Hände des werdenden Vaters – der Embryo fühlt sich wohl, die Synapsen verbinden sich schneller und zahlreicher. Viktor wusste, nicht nur die Gene müssen perfekt sein. Das genetisch optimale Wesen muss auch optimal aufwachsen. Optimal ernährt, physisch und psychisch. Und in der Schwangerschaft ging das nur über den Umweg den Wirt zu hätscheln. Der Wirt war ich.

Als ich Tori das erste Mal in den Armen hielt und in seine Augen blickte, die Viktors so ähnlich waren, wurde ich (wie Milliarden Mütter vor und nach mir) von großen Liebe für mein Kind überwältigt. Viktor Alexander Dietrich von Braunmühl. Das war viel Name für ein so kleines und zartes Wesen. Viel Name für so kleine Finger, für Zehen wie Knospen. Viel Name für so zarte Haut, für den sanften Haarflaum, für die blauen, klaren Augen. Viel Name für die kleinen, krummen Beinchen, die zarte Nase, die weichen Ohren. Viktor nannte ihn Viktor Junior, ich nannte ihn anfangs noch Viktor, aber schnell kam der Kosename Tori, den Viktor Junior, sobald er sprechen konnte, auch selber übernahm. Tori wurde nach der Geburt gewogen, gemessen, untersucht und für gesund befunden. Er schaute mit seinen großen Augen in die Welt und ich wusste direkt, dass er etwas Besonderes an sich hatte. Ich war überglücklich.

Die ersten Monate ließ mich Viktor weitestgehend das machen, was ich für richtig hielt. Ich durfte Tori immer bei mir behalten, denn Viktor wusste natürlich, dass eine intensive Mutter-Kind-Beziehung für die Entwicklung eines starken und sicheren Charakters gut war. Wie schon in der Zeit der Schwangerschaft tat Viktor alles dafür, dass ich zufrieden und glücklich war und sein Kind optimal versorgte. Ich stillte Tori, wickelte ihn, fütterte ihn, schmuste mit ihm, ging spazieren und spielte mit ihm. Ich musste mich um nichts anderes kümmern, nicht einkaufen, nicht kochen, nicht aufräumen, nicht waschen... Es war eine wunderschöne Zeit.

Schnell vergaß ich meine Arbeit im Labor, mein Studium und die Freude, die sie mir beides bereitet hatte. Mit meinem neuen Leben war ich glücklich und zufrieden. Viktor kam täglich mehrmals vorbei, betrachtete Tori, testete seine Fähigkeiten und Entwicklung, lobte mich, und ging wieder. Ich bekam nun von der Köchin drei optimale auf das Stillen ausgerichtete Mahlzeiten in den Kindertrakt gebracht, durfte natürlich weiterhin weder Alkohol noch Kaffee trinken. Zum ersten Mal kam es mir so vor, als seien Tori und ich Versuchstiere, deren Entwicklung akribisch beobachtet und beschrieben wurde. Können die Augen des Babys schon fixieren? Hat die Mutter ausreichend Milch? Ist die Verdauung regelmäßig? Wachsen die Haare schon? Kann das Baby greifen? Hat die Mutter wieder ihr Ausgangsgewicht? Bewegen sich Mutter und Kind ausreichend an der frischen Luft? Bekommt das Baby ausreichend Tageslicht?

Merkwürdig. Jetzt, wo ich auf die Zeit zurückschaue und alles aufschreibe, kann ich überhaupt nicht begreifen, wie naiv ich war. Warum mir nicht schon viel früher der Gedanke kam, dass Viktor mich nur und ausschließlich als diejenige ausgesucht hatte, die sein Kind zur Welt bringen sollte und ihm in den ersten prägenden Jahre die erforderliche Mutterliebe geben sollte. Die ersten vagen Gefühle, ein Versuchstier zu sein, kamen ja erst eine ganze Weile nach Toris Geburt. All das Theater um mich in der Schwangerschaft, das ich mit Liebe und Fürsorge für mich verwechselte... Viktors

41

Begeisterung nach der Geburt, die ich als ein Zeichen für unsere innige Verbundenheit ansah... Ich wollte meine kleine glückliche Welt, ich wollte die geliebte und auserwählte Frau eines tollen Mannes sein und war doch nur ein notwendiger Bestandteil seines Projektes. Viktor wollte das perfekte Kind und dafür musste ich – zumindest eine Zeit lang – die perfekte Mutter sein. Heute ist mir das alles so klar, aber ich habe viel zu lange gebraucht, um Viktor zu durchschauen. Ich war dumm dumm dumm dumm dumm. Aber hätte es irgendetwas geändert? Vielleicht säße ich jetzt nicht hier, so fern von Viktor und noch viel ferner von Tori. Vielleicht würde ich jetzt nicht zurückschauen. Nicht hier sitzen, an Viktors Arbeitstisch, mit dem Gefühl, Viktor schaut mir über die Schultern, obwohl das doch gar nicht sein kein.

Toris Haare waren offensichtlich ein Problem für Viktor. Er betonte immer wieder, dass er bei seiner Geburt bereits einen „prächtigen Haarschopf" gehabt habe. Toris Haarwuchs war spärlich. Tori nahm nur langsam zu und wuchs auch nicht so schnell wir Viktor. Viktor hatte die Kladden seiner Mutter als „Referenz". Er ließ seine Babydaten von einer Assistentin in seine „Viktor Junior Datenbank" übertragen und verglich Toris Entwicklung mit seiner eigenen. Ich lachte darüber und machte Viktor darauf aufmerksam, dass jeder Mensch schließlich ein einzigartiges Wesen sei und Viktor Junior keine Kopie seines Vaters sei. Aber Viktor war es wichtig, dass Tori sich optimal entwickelte. Er hatte Großes mit ihm vor. Der Nobelpreis, den Viktor selber immer noch nicht erhalten hatte, war auch für Tori das Minimalziel. Bedeutende Erfindungen, Entdeckungen, Weiterentwicklungen, die in der Wissenschaftsgeschichte ihren Platz finden würden, waren selbstverständlich. Tori war zu Höherem geboren und Viktor bereitete mich bereits, als Tori gerade einmal vier Monate alt war, darauf vor, dass seine Förderung durch „Fachpersonal" bald würde beginnen müssen. Ich lachte darüber und sagte, dass ich Tori im Moment noch alles geben könne, was er brauche und die höhere Mathematik ja wohl noch würde warten können, bis er aufs Töpfchen ginge. Viktor war in dieser Zeit nicht zum Streiten aufgelegt und entgegnete nichts. Aber er hatte bereits Ausschau nach einer Kinderfrau gehalten, die bei Toris zukünftiger Erziehung zum Nobelpreisträger behilflich sein könnte. Dann kam alles anders, denn als Tori fünf Monate alt war, begannen die Probleme.

Tori nahm nicht mehr zu. Seine Haut wurde schuppig und rissig. Unser Kinderarzt diagnostizierte eine Neurodermitis. Viktor war außer sich vor Wut. Wie konnte sein Kind eine Neurodermitis entwickeln? Sein Kind wurde geliebt und gehegt und gepflegt. Die Mutter wurde nur mit den besten Lebensmitteln genährt. Viktor Junior hatte schon als Fötus die beruhigenden Klänge von Wolfgang Amadeus Mozart vernommen und die sanfte Hand des Vaters gespürt und seine klangvolle Stimme gedämpft durch den Uterus vernommen. Eine Neurodermitis war etwas für andere, nicht für die von

Braunmühls. Viktor glaubte nicht an die Diagnose. Er zeterte über den Kinderarzt und suchte einen besseren. Ich cremte derweil Toris wunde Stellen ein, stillte ihn, umsorgte ihn und pflegte ihn. Ich war überzeugt, dass Tori diese kleine Krise schnell überwinden würde und versuchte Viktorias Aktionismus zu bremsen. Ich bat Viktor darum, auf unseren Kinderarzt zu hören und Tori etwas Zeit zu geben, bevor er ihn mit weiteren Ärzten quälte. Viktor gab mir vier Wochen.

Nach vier Wochen hatte Tori ein paar Gramm zugenommen. Seine Haut war nach der Behandlung mit Cortison besser geworden und Tori war fröhlich und lernte eifrig das Greifen. Er brabbelte in seiner Babysprache und erfreute mich jeden Tag. Der Kinderarzt war zufrieden und meinte, dass die kleine Entwicklungsstörung nach einem neurodermitischen Schub nicht ungewöhnlich sei. Viktor musste zu dieser Zeit nach Amerika reisen, um dort weitere Gelder für sein neues Forschungsprojekt zu akquirieren. Also verschob er Toris Erziehung zum Nobelpreisträger noch eine Weile.

Ich interessierte mich seit Toris Geburt auch nicht mehr für mein aufgegebenes Studium oder für Viktors Arbeit: Ich wusste nur, dass er wieder intensiv mit seinen Wissenschaftskollegen am Elektronen-Synchrotron forschte. Er entwickelte Grundlagen für ein Modul zur Beschleunigung größerer Massen und der Übertragbarkeit auf biologische Systeme. Hinter dieser abstrakten

Formulierung verbarg sich die Idee, dass nicht die Geschwindigkeit eines biologischen Systems beschleunigt werden könne, sondern das System an sich, also der Ablauf der biologischen Prozesse. Die wenigen Male, die Viktor etwas darüber erzählte, war ich mit meinen Gedanken woanders und hörte nicht, was er sagte. Verstand nicht, womit er sich beschäftigte.

Wenn er abends nicht zuhause war, saß er hier, wo ich jetzt sitze. In seinem Labor, an seinem Schreibtisch, starrte auf den Bildschirm, rechnete, wertete aus, schrieb, grübelte. Telefonierte mit Stiftungen und Sponsoren. Die drei Wochen, die Viktor in Amerika war, vermisste ich ihn trotz allem sehr. Mir fiel plötzlich auf, dass nicht nur mein Interesse an seiner (und damit auch meiner) Arbeit nahezu erloschen war; generell war mein Interesse für Viktor seit der Geburt nicht sonderlich groß. Wann hatte ich ihn zuletzt gefragt, wie es ihm geht? Ihn zuletzt in den Arm genommen. Es gab nur Tori für mich. Auch unser ohnehin spärliches Sex-Leben war nach Schwangerschaft und Geburt weder von ihm noch von mir wiederbelebt worden. Ich nahm mir vor, nach Viktors Rückkehr wieder mehr Platz für Viktor und mich zu suchen. Vielleicht war Viktors Idee, eine Kinderfrau einzustellen, ja gar nicht so schlecht? Vielleicht wollte ja Viktor in Wirklichkeit einfach mehr Zeit mit mir? Solche Gedanken hatte ich damals tatsächlich! Heute ist es mir unbegreiflich, dass ich so einfältig war.

Bis zu Viktorias Rückkehr ging ich weiter in meiner Rolle als Mutter auf. Manchmal konnte ich mein Glück kaum fassen und ich wollte alles tun, damit Tori zu einem glücklichen Menschen heranwachsen konnte. Tori sagte „Mama" und ich spürte eine Welle von Stolz und Zufriedenheit durch meinen Körper fließen. Tori hob einen Ball auf, lachte vor Freude über diese ungeheure Leistung und ich weinte vor Glück. Gut, dass Viktor mich dabei nicht sehen konnte. Er war in Amerika vollauf beschäftigt und vergaß darüber seine Frau und seinen Sohn. Ich genoss die Wochen, wo nicht jede Entwicklung von Tori protokolliert und analysiert wurde und er einfach nur ein Baby und ich seine Mama sein konnte.

Als Viktor aus Amerika zurück kam, war Tori fast acht Monate alt. Viktor wog und maß ihn, prüfte seine Fähigkeiten und brummelte zufrieden. Tori konnte krabbeln und stehen und greifen und bereits wenige Worte sagen. Seine Augen blickten intelligent und sehr aufmerksam in die Welt und er schien fast alles zu verstehen. Er war sehr weit entwickelt, nur etwas klein. Sowohl das Thema Kinderfrau als auch die Belebung unserer Beziehung wurden wieder verschoben.

Als Tori ein Jahr alt wurde, fuhr ich mit ihm an die Nordsee. Es war ein wunderschöner Sommer. Wir wohnten in einem feinen Hotel – ich war schließlich reich – direkt am Strand. Viktor besuchte uns an den Wochenenden und starrte auf Toris Glatzköpfchen. Auch wenn alles Schuppige von seiner Haut verschwunden war, so schien seine Kopfhaut doch nicht normal zu sein. Sie erschien dünn, zu straff und irgendwie durchscheinend. Die Adern waren deutlich zu erkennen und langsam bekam auch ich das Gefühl, dass mit Tori irgendetwas nicht stimmte. Er sah einfach anders aus als andere Kleinkinder. Und wieder wollte er nicht wachsen. Gleichzeitig galoppierte seine Intelligenz der von Gleichaltrigen davon und Tori redete wie ein Dreijähriger. Manchmal tröstete ich mich damit, dass dieses Kind all seine Energie ins Hirn schickte und daher für den Körper nicht mehr viel übrig blieb.

Viktor prüfte unsere Speisepläne, ließ die Raumluft analysieren und hinterfragte meinen Umgang mit Tori. Er fand nichts, was sich negativ auf Toris Wachstum hätte auswirken könne. Viktor wollte mit ihm in eine Kinderklinik fahren, aber ein wichtiger Kongress und ein Auftritt im US-Fernsehen kamen ihm dazwischen und er verschwand wieder in die Staaten. Während dieser Zeit verschlechterte sich Toris körperliche Entwicklung weiter und Toris Kinderarzt war bei unserer letzten Untersuchung sehr ernst. Ich erzählte ihm von Viktors Wunsch, Tori in einer Klinik untersuchen zu lassen und er begrüßte diese Initiative. Einen Verdacht, woran Tori leiden könnte, äußerte er nicht, obwohl ich fragte und bohrte. Schließlich gab ich mich mit der Aussicht, bald zu wissen, warum Tori nicht vernünftig wachsen wollte, zufrieden. Ich las ein wenig über Kleinwüchsigkeit, über die Behandlung mit Wachstumshormonen und hoffte, dass Tori keine wirklich schlimme Krankheit hatte.

Da Viktor ohnehin noch in Amerika war, beschloss er, dass ich mit Tori nach Boston fliegen sollte. Im berühmten Children's Health Boston sollte Tori untersucht werden. Tori strahlte und lachte, als das Flugzeug abhob und ich freute mich über seine Freude. Ich war so einfältig damals, so unwissend, so voller Vertrauen in Viktor und großer Ehrfurcht vor allen Ärzten! Tori wurde vom Chefarzt, Dr. MacDonovan, untersucht, man nahm ihm Blut ab, er wurde mit einem Doppler-Ultraschall ganzkörpergescannt. Eine Psychologin, die in Deutschland studiert hatte, beobachtete ihn stundenlang beim Spielen, beim Essen und Schlafen. Mein Englisch war nicht schlecht, aber ich verstand nicht alles, was die Ärzte fragten und erklärten. Ich sah nur, dass Viktor von Tag zu Tag stiller wurde, von Gespräch zu Gespräch ungläubiger schaute, sein Blick auf Tori wurde immer düsterer wurde. Nachdem alle Untersuchungen abgeschlossen waren, alle Laborergebnisse vorlagen, führten wir ein letztes Gespräch mit dem Chefarzt der Klinik. Tori war im Nebenraum mit der Psychologin, er konnte uns durch die Glasscheiben, die statt einer Wand zwischen den beiden Räumen war, sehen und spielte fröhlich mit einer riesigen Eisenbahn. Ab und zu schaute er zu uns hin und lachte.

Viktor und ich lachten nicht. Der Arzt redete lange – ich verstand kaum ein Wort. Irgendwann stand Viktor auf und verließ wortlos den Raum. Der Arzt schaute ihm nach und sah dann mich an. „Did you understand anything?" fragte er mich. „Not really, but it seems to be serious?" fragte ich vorsichtig. „It's important for you to unterstand what's going on. Your husband seems to be quite upset....". Ich nickte. Der Arzt stand auf und bat mich, einen Moment zu warten. Er ging zur Kinderpsychologin, sprach kurz mit ihr und deutete auf mich. Sie nickte, kam zu mir und Dr. MacDonovan setzte sich zu Tori und der Eisenbahn.

Suzanna, die Tori nun schon mehrfach untersucht hatte und mit mir über ihre Zeit in Deutschland geredet hatte, kam in das Büro des Arztes und nahm mich kurz in den Arm. „Tori ist fröhlich mit Dr. MacDonovan" sagte sie und lächelte. „Dr. MacDonovan hält es für richtig, wenn ich dir erkläre, was mit Tori ist. Wir haben alle Ergebnisse...." Suzanna war mir auf Anhieb sympathisch gewesen. Sie hatte ein offenes Lächeln, eine samtige Stimme und intelligente Augen. Sie ging liebevoll mit Tori um und behandelte ihn nicht wie ein Forschungs-projekt. „Was ist mit meinem Sohn?" „Wir haben das Hutchinson-Gilford-Syndrom bei Tori einwandfrei diagnostizieren können" „Das kenne ich nicht. Ist das schlimm? Was bedeutet das für ihn?" fragte ich Suzanna. Und Suzanne fing an zu erklären. Von einem sehr seltenen Gendefekt, einer spontanen Punktmuta-tionen auf dem ZMPSTE24-Gen, die dazu führt, dass eine verkürzte Variante des Proteins Lamin A gebildet wird. Davon, dass die verkürzte Variante zu instabilen Zellkernen führt. Sie berichtete von fehlender Struktur in der Zellmembran, von Arteriosklerose, Arthrose und

Osteoporose. Von brüchigen Nägeln, vorgewölbten Bäuchen. Von beschleunigtem Altern. Davon, dass eines von einer Million Kindern mit diesem Gendefekt geboren würde. Progerie. Suzanna schwieg.

Das Phänomen des vorzeitigen Alterns. Die Ursache dafür, dass ein Kind mit Progerie selten älter als 14 Jahre wird. Eines von vielen Millionen. Mein Tori. Mein Baby.

Viktor sprach kein einziges Wort auf dem gesamten Rückflug von Boston nach Frankfurt. Manchmal ruhte sein Blick kummervoll auf dem schlafenden Tori, aber die meiste Zeit starrte er nur geradeaus auf die Kopfstütze des Sitzes vor ihm. Auf meine Versuche, mit ihm über das zu reden, was wir im Children's Health Boston erfahren hatten, reagierte er einfach mit Schweigen. Schließlich gab ich es auf und betrachtete nur noch meinen Sohn. Mein Herz war noch voller als vorher und ich spürte meine Liebe zu meinem Sohn so stark, dass ich weinen musste. Ich wusste nicht viel über Progerie. Dunkel erinnerte ich mich an einen Artikel, den ich vor vielen Jahren gelesen hatte, an Bilder von verunstalteten Kindergesichtern, spitz, haarlos und weise.

Was passiert mit einem Paar, wenn es erfährt, dass das gemeinsame Kind behindert ist? Viele Ehen zerbrechen daran und oft sind es die Männer, die mit der Situation nicht zurechtkommen und gehen. Die Vorstellung, dass etwas mit den Genen nicht stimmt, ist für viele ein Makel, dem sie entfliehen möchten. Manche nehmen sich sogar das Leben. Ich war wild entschlossen, mir meinen Lebensmut nicht nehmen zu lassen. Tori war noch sehr jung; sicher gab es Möglichkeiten, die Krankheit zu behandeln und die Alterungsprozesse zu verlangsamen. Die Ironie, dass Viktor auf dem Gebiet der Beschleunigung von Alterungsprozessen arbeitete und nun sein Sohn an einer seltenen Krankheit litt, bei der eben diese Prozesse viel zu schnell abliefen, entging uns natürlich beiden nicht. Zumindest nahm ich an, dass Viktor deshalb so schweigsam war.

Wenn ich jetzt in diesem Moment daran denke, wie ich mir damals versuchte, Viktors Reaktion zu erklären, kann ich nur über mich lachen. Es ist ein sehr bitteres Lachen. Denn damals glaubte ich noch, dass Viktor Tori ebenfalls liebte.

Progerie....Hutchison-Gilford-Syndrom. Kaum waren wir zuhause, begann ich zu recherchieren. Ich verbrachte Stunden am Rechner, um Informationen zu sammeln.

Ursache für Progerie ist eine Punktmutation im ZMPSTE24-Gen, welches für das Protein LaminA (ein Strukturprotein der inneren Zellkernmembran) codiert. Meistens findet eine Mutation im Codon 608 auf Chromosom 1 Genlocus q23 statt, welche das Trinucleotid GGC in GGT ändert. Seltener findet man eine Änderung des Codons 608 in AGT oder eine Mutation des Codon 145. Die Mutation führt zu einem veränderten Splicing des Lamin-A-Gens und schließ-

lich zu einem um 50 Aminosäuren verkürzten Protein. Hierdurch wird die Prozessierung des Vorläuferproteins Prälamin A zu Lamin A gestört. Lamin A ist Bestandteil einer Proteinkette, die an zahlreiche andere Proteine des Zellkerns und der Zellkernmembran sowie an Transkriptionsfaktoren und die DNA bindet. Es nimmt eine stabilisierende Funktion des Zellkerns sowie regulatorische Funktionen wahr. Unter anderem nimmt es an der Aktivierung von Genen teil. Die Vererbung der Hutchinson-Gilford-Progerie ist autosomal-dominant. Bereits ein defektes Allel reicht aus um die Erkrankung zu verursachen. Dies liegt an der Kettenstruktur, die durch Lamin A gebildet wird. Bereits einige wenige defekte Lamin-A-Proteine führen zur Instabilität der gesamten Kette. Die Zellkerne der Menschen mit HGPS sind daher zum großen Teil deformiert.

Da die Kinder in der Regel das reproduktionsfähige Alter nicht erreichen, handelt es sich bei einer Neuerkrankung praktisch immer um eine Spontanmutation im Lamin-A-Gen (dominanter Letalfaktor). Wenige erbliche Fälle der HGPS sind beschrieben worden. Häufig haben diese Kinder jedoch nicht das typische Bild der Erkrankung, sondern Varianten mit weiteren klinischen Auffälligkeiten und einer anderen Lebenserwartung. Hier sind auch autosomal-rezessive Vererbungen beschrieben worden; teils durch andere Mutationen im Lamin-A-Gen, teils durch Muta-

tionen in Genen die an der Reifung (Prozessie-
rung) eines Vorläuferproteins, des Prälamin A,
zu Lamin A mitwirken. Ein Beispiel einer solchen
Erkrankung ist die homozygote Mutation im
Gen der Zink-Metalloprotease 24 (CAAX-Prenyl-
protease 1), die zwei wichtige Schritte der
Lamin-A-Prozessierung durchführt.

(aus Wikipedia)

Ein defektes Allel. Wir Menschen sind Lebewesen mit einem diploiden Chromosomensatz. Alle Informationen, die wir benötigen um „Mensch" zu sein, sind bei uns doppelt vorhanden – von wenigen Ausnahmen wie den Informationen zu unserem Geschlecht abgesehen. Erbkrankheiten kommen in der Regel erst dann zum Ausbruch, wenn auf beiden Allelen, also beiden merkmalsbestimmenden Abschnitten auf den Chromosomenpaaren, die Information liegt: „werde farbenblind" oder „sei Bluter". Deshalb sind Männer auch häufiger von bestimmten Gendefekten betroffen als Frauen. Denn das Geschlechtschromosom der Männer, das Y-Chromosom, kann Mutationen auf dem zugehörigen X-Chromosom nicht ausgleichen. Das Y-Chromosom ist kleiner und verfügt eigentlich nur über die Information: Mann. Die Frauen sind in der glücklichen Lage, mit ihrem zweiten X-Chromosom ein defektes Allel auf dem anderen X-Chromosom ausgleichen zu können. Aber hier, bei der Progerie, reicht ein einziges defektes Allel. Eine kleine Spontanmutation, eine ausgetauschte Aminosäure, GGT statt GGC, einmal Thymin statt Cytosin im DNA-Strang und schon wird ein kleiner

Mensch niemals groß, ein hoffnungsvoll begonnenes Leben hat auf einmal nur noch eine Zeitspanne von wenigen Jahren, zarte Kinderhaut wird dünn und durchscheinend, bekommt Altersflecken, Nasen werden spitz, Bäuche werden rund, Zähne fallen aus, Adern verkalken. Mein Tori...

Eines von acht Millionen Kindern wird mit diesem Defekt geboren. 1 von 8.000.000. Mein Tori.

Die Lebenserwartung beträgt im Durchschnitt vierzehn Jahre. Manche sterben schon mit acht oder neun an einem Herzinfarkt oder an einem Schlaganfall. Mein Tori.

Kinder mit Progerie bleiben klein, ohne Haare, ohne Augenbrauen, mit Armen und Beinen dünn wie Streichhölzer. Arthrose und Rheuma lassen sie krumm werden. Mein Tori.

Unheimlichen Fabelwesen gleich. Mein Tori.

Mein Tori.

Viktor ließ mir freie Hand bei der Ärzte- und Therapiewahl. Ich wurde zu einer Expertin für diese seltene Krankheit und hatte bald – wie es mir schien – alles gelesen, was es zum Hutchison-Gilford-Syndrom im Netz oder in der Universitäts-Bibliothek zu lesen gab. Viktor ließ mir nicht nur freie Wahl bei alldem – er schien auch, nachdem klar war, worunter Tori litt, komplett das Interesse an ihm verloren zu haben. Selten fragte er nach und nie mehr nahm er Tori in die Arme. Tori war ein fröhliches Kind, obwohl er schon früh unter den Beschwerden litt, die uns Menschen ansonsten erst mit siebzig oder achtzig Jahren heimsuchen. Mit drei Jahren war er achtzig Zentimeter groß, ab da wuchs er nur noch in Zeitlupe. Mit sechs Jahren maß er fünfundneunzig Zentimeter und wog elf Kilogramm. Seine Nase war groß, der Kopf haarlos. Sein Lachen aber war das eines kleinen Kindes. Stundenlang konnte er Fragen stellen zum Lauf der Planeten, zur Evolutionstheorie, zur Entstehung der Gebirge. Ich bastelte mit ihm das Kopernikus Planetenmodell und Tori bekam nicht genug davon, eine Sonnenfinsternis nachzustellen und ungebeten Vorträge darüber zu halten, warum diese nur bei Neumond auftreten konnte. Tori war intelligent und hungrig nach Wissen. Ich richtete ihm ein kleines Labor ein, in dem er mit seinen sechs Jahren fröhlich Knallgas produzierte. Er züchtete Urzeitkrebse und Kellerasseln, sammelte Blätter und Insekten, untersuchte das Temperaturgefälle an unseren Heizungsrohren und hätte doch eine große Freude für seinen Vater sein müssen – so ganz und gar unterwegs in den Fußstapfen der Großeltern und des Vaters. Viktor blieb von all dem unberührt. Er verbrachte die meiste Zeit in seinen Instituten und auf Reisen, hielt Vorträge und forschte und ließ mich mit Tori in unserer kleinen Welt zurück. Viktor unterstützte finanziell alles, was ich unternahm, um Tori Erleichterung zu verschaffen. Er zahlte alle extravaganten Therapien, die ich auftat, er ließ mich die Wohnung mit Edelsteinen vollstellen und bezahlte ohne Kommentar die Rutengängerin, die ich durch Toris Kinderzimmer schickte. Wenn Toris Haut wieder zum Erbarmen juckte, schickte er uns ans Tote Meer. Aber er schien keinen Anteil zu nehmen, kein Mitgefühl zu spüren, keine Trauer, kein Bedauern. Keine der Emotionen, die ich bei mir fand, war bei Viktor für mich sichtbar.

Manchmal hoffte ich, dass Viktor vielleicht auf seine Weise Anteil nahm an Toris Erkrankung. Dann stellte ich mir vor, dass er seine Forschungen zum Altern in eine Richtung voran trieb, die Tori eines Tages würde Nutzen können. Denn die Progerie führte ja nur dazu, dass Prozesse, denen der menschliche Körper ohnehin unterzogen würde, viel früher und viel schneller abliefen. Und wenn Viktor in seiner Forschung weiter kommen würde und die Prozesse des Alterns tatsächlich würde verlangsamen können, so könnte doch auch Tori davon profitieren. Könnte. Würde. Hätte. Heute weiß ich, dass Viktors Forschung zu der Zeit in eine Richtung gingen, die Tori nicht hätte helfen können. Aber Viktor hätte ihm helfen können. Er hat es nicht getan.

Viktor hat gegenüber vielen anderen Wissenschaftlern den ungeheuren Vorteil, dass er interdisziplinär denkt, handelt, arbeitet und forscht. Er ist Mediziner genauso wie Biochemiker und Physiker. Er hat natürlich begriffen, dass sich Fortschritt nicht mit der Beschränkung auf eine Disziplin erreichen lässt. Biologische Prozesse lassen sich durch die Veränderung der chemischen und physikalischen Rahmenbedingungen beeinflussen – hier kommt es auf die richtige Kombination an. Manchmal hat Viktor Tori und mir Vorträge gehalten – in den wenigen Momenten, wo er sich erinnerte, dass er eine Familie hat. Eine Frau und ein behindertes Kind, das seine Fürsorge und Liebe und Anerkennung braucht. Seltene Momente – Viktor scheint dann vergessen zu haben, dass Tori nicht gelungen ist, dass trotz aller Überwachung des Zeugungsprozesses ein Fehler aufgetreten ist. Ein Fehler an seinem Sohn.

„Schau, wenn du willst, dass dein Ginko-Baum schneller wächst, reicht es nicht, dass du ihm Dünger gibst." Tori hing andächtig an Viktors Lippen. Sein bewunderter und meist ferner Vater sprach mit ihm. „Wenn du die Temperatur optimierst, die Lichteinstrahlung intensivierst und die CO_2-Konzentration steigerst, wird er schneller groß und stark werden." Obwohl er zu diesem Zeitpunkt erst fünf Jahre alt war, wusste er um seine Krankheit, sein Anders-Sein. Ihm war klar, dass er nicht wuchs, und dass groß und stark keine Option für ihn sein würde. Tori lächelte. „Vielleicht sollte Dr. Kuhlmann das mal mit mir probieren. Schön warm, viel Licht und viel CO_2 und schon werde ich ein großer Junge." Mir stiegen die Tränen in die Augen, als er das sagte, aber Viktor schaute ihn nur entgeistert an. „ CO_2 kann doch nicht das Wachstum von Menschen fördern, du Dummerchen..." Er wollte wohl Toris kahlen Schädel streicheln, doch im letzten Moment zuckte seine Hand zurück. „Ich muss noch ins Labor fahren. Kümmert ihr euch um den Ginko." und weg war er. Tori schaute mich an und ließ einen seiner altklugen Sprüche los: „Papa kommt mit meiner Krankheit einfach nicht zurecht. Wie können wir denn dem Ginko mehr CO_2 geben, Mama? Vielleicht kannst du dein Auto vor das Gewächshaus stellen und den Auspuff in die Tür qualmen lassen." Tori fing an zu kichern. „Wenn Maurice kommt, fällt er vor Schreck bestimmt tot um…" Tori bekam bei der Vorstellung, wie unser Gärtner mit einem Auto im Gewächshaus umgehen würde, einen Lachanfall. Ich war traurig, dass Viktor nicht mehr bei uns war um zu sehen, wie fröhlich sein Sohn war. Wie lustig und schlau und kreativ und liebenswert.

Viktor wollte stattdessen Großes leisten. Seine Arbeit war wieder sein Ein und Alles. Mit seinen Kollegen von Cern war es ihm gelungen, biologische Systeme zu beschleunigen. Die Beschleunigung bezog sich hierbei mitnichten auf die Geschwindigkeit, mit der die Bakterien durch den Raum jagten. Anderes als bei der Teilchenbeschleunigung wurde hier auch nicht mit riesigen Magneten und kilometerlange Röhren gearbeitet. Es ging um die Beschleunigung des Lebens. Die Bakterienkulturen wurden mit verschiedenen Chemikalien „behandelt", mit Gamma-Strahlen bestrahlt und anschließend einem starken Magnetfeld ausgesetzt. Und siehe – die Zellteilung wurde immer schneller. Viktor war es gelungen, mit einer Kombination aus Chemie und Physik die biologischen Prozesse von Einzeller um den Faktor 256 zu beschleunigen. Bakterien, die sich sonst nach fünf Stunden teilten, taten dies unter Viktors Behandlung bereits nach etwas mehr als einer Minute. Mutierte Stämme bildeten sich binnen weniger Stunden. Genmanipulierte Stämme, die z.B. Insulin bilden konnten, steigerten ihre Produktion um den Faktor 256. Viktors Ruhm und Reichtum mehrten sich wieder. Aber Viktor fand keine Ruhe. Viktor wollte mehr.

Während Viktor forschte, arbeitete und reiste, lebte ich mit Tori mein Mutter-Kind-Leben. Wir waren eine Familie. Eine kleine Familie zwar, aber eine warme und herzliche Familie. Ich dachte viel darüber nach, ob ich Tori zu sehr bemutterte. Aber dann kam sofort der Gedanke, dass Tori vermutlich niemals in ein Alter käme, wo er selbstständig leben würde. Also verbrachte ich so viel Zeit mit ihm, wie möglich. Viktor wollte ohnehin nicht, dass Tori „draußen in der Welt" herum lief. Keiner sollte mitbekommen, wie der Sohn des begnadeten Wissenschaftlers von Braunmühl aussah. Dass er behindert war. Klein. Hässlich. Haarlos. Verkrüppelt. Ich hasste Viktor, wenn er so etwas sagte. Aber ich fügte mich. Ich hatte keine Kraft, gegen Viktor zu kämpfen. Ich brauchte meine ganze Energie, um eine gute Mutter für mein Kind zu sein.

Mit sechs Jahren wurde Tori zum ersten Mal schlimm krank. Zu dieser Zeit hatte er bereits drei Jahre Privatunterricht bei uns zu Hause oder auch auf unseren Reisen. Er konnte Lesen, Schreiben, Rechnen wie ein

Kind im fünften oder sechsten Schuljahr. Er sprach Englisch und Französisch, kannte sich aus mit Naturwissenschaften und Geographie. Über seine Krankheit war er im Bilde. Es war merkwürdig für mich zu sehen, wie er damit umging. Er hatte eine Einstellung zum Leben und zu Beschwerden, wie man sie sonst bei alten Menschen mit einem glücklichen, langen Leben findet. Nach dem Motto: Das Leben war gut, aber irgendwann geht es halt zu Ende. Und es geht fast immer mit Schmerzen zu Ende. Warum sich also aufregen, warum Angst haben? Das ist der Lauf der Dinge.

Ob Viktor das auch so sehen kann? Schließlich ist sein Leben bis heute im Vergleich zu Toris sehr lang und sehr erfolgreich. Ob er dem Tod gelassen ins Auge sehen wird? Gerade jetzt? Oder ist er in Panik? Verzweifelt?

Toris Finger waren geschwollen, seine Haut war fahl. Dr. Kuhlmann, sein Hausarzt war ein Facharzt für Gerontologie, aber er zog sicherheitshalber noch einen Internisten hinzu. Tori litt an einem spontanen Nierenversagen. Seine Harnsäurewerte im Blut stiegen bedrohlich an und so musste er erstmals an die künstliche Niere. Dr. Kuhlmann, der durch Tori auch zum Spezialisten für Progerie geworden war, hielt diese Entwicklung für atypisch – sofern man bei einer so seltenen Krankheit überhaupt von typisch sprechen kann. Ich hatte Angst um Tori. Angst, ihn noch früher zu verlieren, als ich ihn ohnehin zu verlieren fürchtete. Aber Toris Niere erholte sich nach einigen Wochen wieder. Seine Blutwerte stabilisierten sich. Viktor hatte diese Krise nur über sein Smartphone verfolgt – er befand sich wieder in den Staaten. Viktor war wichtig. Tori offensichtlich nicht.

Tori durfte das Krankenhaus verlassen. Der Sommer kam. Und Viktor war wieder eine Zeit zuhause. Er verbrachte wenig Zeit mit uns, aber immerhin aßen wir manchmal zusammen. Vater Mutter Kind. Ich wünschte mir so sehr, dass Viktor die wenigen Jahre, die Tori haben würde, ein Vater für ihn sein könnte. Zu diesem Zeitpunkt hatte ich die Hoffnung immer noch nicht aufgegeben, dass Viktor es irgendwann akzeptieren würde, ein behindertes Kind gezeugt zu haben.

Als der Herbst kam, wurde Tori erneut krank. Die Nieren versagten. Das hieß wieder: alle drei bis vier Tage eine Blutwäsche, jeden Tag Blutuntersuchungen. Das Krankenhaus wurde zu Toris und meinem Zuhause. Nach fünf Monaten war klar, dass die Nieren diesmal irreversibel geschädigt waren. Tori würde für den Rest seines kurzen Lebens an der künstlichen Niere hängen. Ich war niedergeschmettert. Die Dialyse schwächte Toris kleinen Körper und er verfiel zusehends.

Viktor sah das Ganze gelassen. Wir hätten schließlich

schon lange gewusst, dass Tori nicht alt würden werde. „Noch lebt er" schrie ich ihn an und brach in Tränen aus. Viktor ließ mich stehen und ging zurück in sein Labor.

Ich sprach mit den Ärzten über eine Transplantation. Sie sahen darin die einzige Chance, Toris Zustand noch einmal zu verbessern. Die Dialyse würde ihn umbringen. Ich ließ mich als Spenderin testen, aber meine Gewebemerkmale stimmten nicht mit Toris überein. Ich sprach mit Viktor und bat ihn, sich ebenfalls testen zu lassen. „Ich werde ihm keine Niere spenden. Warum, liebe Hanna, sollte ich das tun? Tori ist dem Tode näher als ich. Er ist ein kleines altes Männchen, ein Crétin! Ich werde noch bedeutende Dinge für die Menschheit leisten. Er wird einfach nur sterben."

Hatte Viktor das wirklich gesagt? Oder lege ich ihm diese Worte heute, wo ich so viel mehr als damals weiß, in den Mund? Warum habe ich dann nicht anders reagiert? Warum habe ich ihm nicht Pfannen und Töpfe an den Kopf geworfen, ihn geschüttelt, ihn angeschrien? Wie konnte ich mir das einfach anhören? Wie konnten meine Reaktionen, meine Gedanken so moderat sein? Jetzt, wo ich hier sitze, mit dem Magnetotron im Rücken, spüre ich die Wut, die ich damals hätte spüren müssen.

Aber zu der Zeit konnte ich Viktors Haltung Tori gegenüber einfach nur nicht verstehen. Ich wollte ihn so gerne verstehen. Warum konnte oder wollte er Tori nicht helfen? Noch nicht einmal sein Blut wollte er testen lassen. Warum liebte er Tori nicht auch nur annähernd so, wie ich das tat? Während ich Stunde um Stunde neben Tori saß und zusah, wie sein Blut durch das Dialyse-Gerät lief und sein greisenhaftes Gesicht noch blasser und durchscheinender als sonst wirkte, wenn ich den Worten der Ärzte lauschte, dass Tori eine Spenderniere bekommen müsse (sobald ein passendes Organ gefunden würde), weil er sonst nicht mehr lange leben würde, wenn ich in den kurzen Dialyse-Pausen mit Tori im Park spazieren ging und er genussvoll die Augen schloss, wenn ihm die Frühlingssonne ins Gesicht schien, wurde es zu meiner fixen Idee, Viktors Haltung zu verstehen. Warum liebte er seinen Sohn nicht? Nach allem, was wir getan hatten, um ihn zu bekommen?

Ich ging in die Bibliothek der Uniklinik und lieh mir Bücher über die Behandlung von Hodenkrebs aus. Die Bemerkung von Anja spukte, seitdem sich Toris Zustand so verschlechtert hatte und Viktors Reaktionen für mich immer undurchschaubarer wurden, in meinem Kopf herum. Was, wenn Viktor tatsächlich unfruchtbar geworden war? Was, wenn Tori nicht so entstanden war, wie Viktor es mir hatte weismachen wollen? Während ich neben dem schlafenden Tori Wache hielt, las ich über Chemo-Therapie, Bestrahlung, Entfernung von

Hoden, Einfrieren von Sperma, künstliche Befruchtung.

Allmählich entwickelte ich meine Theorie. Viktor war unfruchtbar geworden, damals, als er seinen Hodenkrebs behandeln ließ. Natürlich hatte er vorher sein Sperma einfrieren lassen. Unfruchtbarkeit passte nicht in Viktors Selbstbild und seinem Perfektionismus, daher erzählte Viktor noch nicht einmal mir davon. Als wir versuchten, künstlich ein Kind zu zeugen, weil sich sein Sperma angeblich in meinem Körper nicht optimal bewegen konnte, muss irgendetwas mit seinem eingefrorenen Sperma nicht funktioniert haben. Vielleicht war es nicht mehr fruchtbar oder beim Auftauen war etwas schief gelaufen. Vielleicht war die eingefrorene Menge zu gering für eine künstliche Befruchtung. Mir fielen immer neue Möglichkeiten ein, die alle darauf hinaus liefen, dass Tori gar nicht Viktors Kind war. Viktor war unfruchtbar geworden und keine Reproduktionstechnik hatte diesen Umstand wettmachen können. Unfruchtbarkeit konnte Viktor nicht hinnehmen. Also suchte er in der Samenbank einen Spender. Nur so konnte ich mir erklären, dass Viktor meinem Sohn keine Liebe entgegen brachte. Auch die Ähnlichkeit zwischen Viktor und Tori brachte mich nicht mehr von meiner Theorie ab. Natürlich hatte Viktor einen Spender ausgesucht, der ihm so ähnlich wie möglich sah. Vermutlich auch einen sehr intelligenten Spender. Alles Weitere sollte die optimale Förderung von Tori bringen. Einen würdigen Erben, einen weiteren brillanten Wissenschaftler, einen attraktiven Mann, der den Namen von Braunmühl weiterführte. Endlich glaubte ich eine Erklärung für Viktors merkwürdiges Verhalten gefunden zu haben. Viktor liebte Tori nicht so wie ich, weil er nicht sein biologischer Vater war. Er trug nicht sein Genmaterial in sich. Viktor wollte sich nicht testen lassen, damit der Makel seiner Unfruchtbarkeit nicht an Licht kam. Soweit meine Theorie. Fehlte nur noch der Beweis.

Ich wollte es endlich wissen. Ich wollte verstehen, warum Tori hier liegen musste, sich quälte und sein ohnehin viel zu kurzes Leben vielleicht noch früher enden musste. Ich wollte es endlich wissen.

Im Internet suchte ich nach einem geeigneten Labor. Natürlich sind heimliche Vaterschaftstests in Deutschland nicht erlaubt, trotzdem bieten viele Labors sie an...wohlwissend, dass die Einverständniserklärungen oft gefälscht sind. Ich entschloss mich für ein gentechnisches Labor in Holland in der Hoffnung, dass dort mein Name nicht sofort Erkennen auslösen würde. Außerdem war die Gesetzeslage in den Niederlanden etwas auslegungsfreudiger. Ich telefonierte mit Bram Van Spreuwen, dem Laborleiter. Wir sprachen zunächst über die Kosten, dann klärte er mich darüber auf, dass er die Einverständniserklärung der beteiligten Personen beziehungsweise deren gesetzlicher Vertreter benötige und erläuterte wichtige Details bei der Probenahme. Ich versicherte ihm, dass alle Beteiligten einverstanden seien und ich aufgrund meiner Ausbildung keine

Probleme mit der Probenahme haben würde. Er schickte mir ein Set mit zwei Proberöhrchen und einer Anleitung. Natürlich wusste ich, worauf ich achten musste. Ich kenne mich aus mit der Vermeidung von Probenkontamination. Ich war in meinem Element.

Viktor nahm seit einigen Monaten abends ein leichtes Einschlafmittel. Toris Krankheit, unsere Sprachlosigkeit, wenn wir ausnahmsweise zusammen saßen, vielleicht auch die Tatsache, dass er seinem behinderten Kind nicht helfen wollte, all das zerrte auch an Viktors Nerven. Viktors Einschlafmittel waren Kapseln, die er in seinem Badezimmerschrank aufbewahrte. Ich hatte alle wichtigen Informationen über die Kapselhülle, ich wusste, wo sich die Kapsel auflöst, wo der Wirkstoff resorbiert wird und auch, dass man die Kapsel vorsichtig aufdrehen kann. Ich probierte es mehrfach aus, allerdings ohne den Wirkstoff auszutauschen. Viktor bemerkte nichts. Dann besorgte ich ein starkes Schlafmittel, ein Barbiturat, was sich schwierig gestaltete. Barbiturate werden eigentlich nur noch als Narkosemittel eingesetzt und nur in absoluten Ausnahmefällen als Schlafmittel. Entsprechend schwer sind sie zu beschaffen. In Krankenhäusern bekommt man sie noch am leichtesten. Zum ersten Mal benutzte ich Toris Krankheit, um mir einen Vorteil zu verschaffen. Ich erzählte der Krankenhauspharmazeutin, dass ich seit Wochen kaum noch schlafen könnte und bat sie, mir zu helfen. Alles, was ich bis jetzt an Schlafmitteln bekommen hätte, würde mir nicht helfen. „Bitte...Können Sie

66

mir nicht etwas Stärkeres beschaffen? Nur eine Nacht Schlaf!" Sie gab mir drei Pillen Propofol und schärfte mir ein, therapeutische Hilfe zu suchen. Schlafmittel würden mir nicht auf Dauer helfen. Ich versprach alles, was sie von mir hören wollte, nahm mein Propofol in Empfang und zerstieß es in meinem Küchenmörser. Ich wusste Bescheid über Wirkschwelle, Wirkeintritt, Wirkdauer, Nebenwirkungen. Ich wusste, wie viel Milligramm pro Kilogramm Körpergewicht erforderlich sind, damit der Schlaf fast schon narkotisch wird. Ich wusste, was ich tat und warum ich es tat, als ich den genau abgewogenen Wirkstoff in der Kapsel austauschte, die Viktor mit Sicherheit als nächstes aus dem Blister drücken würde. Natürlich würde er bemerken, dass die Alufolie schon gerissen ist. Sollte er fragen, wollte ich ihm sagen, dass ich eigentlich auch eine Kapsel nehmen wollte, es mir dann aber anders überlegt hatte. Viktor fragte nicht.

Ich wartete, nachdem Viktor seine Kapsel genommen und sich ins Bett gelegt hatte. Damit ihn seine Benommenheit am nächsten Tag nicht skeptisch stimmen würde, hatte ich ihm vorsichtshalber den ganzen Abend über eifrig Rotwein nachgeschüttet. Viktor würde hoffentlich seinen tiefen Schlaf auf den Rotwein zurückführen. Sollte er misstrauisch werden, wäre es am nächsten Tag ohnehin zu spät. Dann hätte ich seinen Abstrich der Mundschleimhaut. Dann wäre das Röhrchen schon auf dem Weg, gemeinsam mit dem Abstrich aus Toris Mundschleimhaut.

Ich trug Latex-Handschuhe, als ich mich dem schlafenden Viktor näherte. Er lag auf dem Rücken und atmete sehr langsam. Ich machte ein paar Geräusche, aber Viktor reagierte nicht. Er schlief tief und traumlos, gefangen von der narkotisierenden Substanz, die sein Blut an alle Stellen seines Körpers spülte. Ich hatte meine Hausaufgaben gemacht. Ich bin kein Dummerchen, Viktor! Das flüsterte ich ihm zu, als ich vorsichtig mit dem Wattestäbchen in seinen leicht geöffneten Mund eindrang und damit über die Wangenschleimhaut streifte. Viktor bewegte sich nicht. Ich zog das Wattestäbchen vorsichtig aus Viktors Mund, steckte es sofort in das bereits beschriftete Röhrchen und schraubte es zu. Alles hatte geklappt wie geplant. Bald würde ich Gewissheit haben, ob Viktor Toris Vater war oder nicht. Ich packte das Probenröhrchen in den wattierten Umschlag, wo bereits Toris Probe lag und warf den Umschlag noch in der Nacht in einen Briefkasten. Nun musste ich nur noch wenige Tage warten.

Ich fuhr nach Holland, um das Ergebnis persönlich abzuholen. Als ich dann endlich vor Bram Van Spreuwen saß, waren meine Hände schweißnass. Der Laborleiter sah jünger aus, als seine Telefonstimme mich hatte glauben lassen. Gleich würde ich wissen, warum Viktor nicht die Gefühle für Tori hatte, die ein Vater haben sollte. Zunächst fragte mich Bram Van Spreuwen nach der Probenahme. „Ich brauche noch Ihre Unterschrift, Frau von Braunmühl, dass die Personen das genetische

Material freiwillig hergegeben haben." Ich unterschrieb ohne Skrupel und Van Spreuwen nahm die falschen Bestätigungen ebenfalls ohne Skrupel entgegen. Er lebte schließlich von heimlichen Gentests. Und so wie er aussah, lebte er ganz gut davon. Sein Teint sah aus, als würde er viel Zeit auf einem Segelboot verbringen. „Sind Sie sicher, dass es keinen Fehler bei der Probenahme..." Ich ließ ihn nicht ausreden und versicherte ihm, dass beide Proben korrekt entnommen und beschriftet worden waren. Jetzt wollte ich einfach nur noch das Ergebnis wissen. „Also ich kann Ihnen bestätigen, dass die beiden Probengeber genetisch nahezu identisch sind..." In meinen Ohren fing es an zu sausen. Viktor ist Toris Vater! Wieso kann er so grausam sein? Ich hörte nicht, was der Laborleiter weiter ausführte, über Gensequenzen und Allele und Aminosäuren. Erst als das Wort „Zwillinge" fiel, horchte ich wieder auf. „Entschuldigen Sie, ich konnte gerade nicht folgen... Die beiden sind so verwandt wie Zwillinge?" „Bis auf die Veränderung auf dem ZMPSTE24-Gen, die ja zu der Erkrankung des einen Kindes geführt hat..." Er schaute mich irritiert an. „Geht es Ihnen nicht gut?" Ich flüsterte. „Ich habe nur ein Kind". Van Spreuwen fühlte sich sichtlich unwohl. „Nun, die beiden Proben stammen von eineiigen Zwillingen. Bei dem einen ist es zu einer Spontanmutation gekommen, aber das ist das Einzige worin sich diese Individuen unterscheiden. Die Mutation fand nach der zufälligen Mitose statt, die ursächlich für das Entstehen von eineiigen Zwillingen ist. Dadurch ist nur das eine Kind behindert. Aber natürlich könnte der andere Zwilling für Stammzellenspenden oder...."

69

Der Arzt merkte wohl, dass ich ihm nicht mehr folgte. Er räuspert sich. „Nun, es steht hier in meinem Bericht. Sie können ihn vielleicht mit Ihrem Mann oder einem Arzt..." Ich stand auf.

Zwillinge. Die Notwendigkeit einer künstlichen Befruchtung nach so kurzer Zeit. Kinderwunschklinik. Hodenkrebs. Spermienunverträglichkeit. Toris Augen. Klaras Kladde. Viktors Vergleiche. Sein kritischer Blick auf Toris Haarschopf. Die Gedankensplitter in meinem Hirn rasten aufeinander zu, trafen zusammen, rieben sich, suchten ihr Gegenüber. Wie bei der südamerikanische und westafrikanische Küste Meeresbuchten an Landzungen passen, fanden in meinem Hirn einzelne Bilder, Gedanken, Worte und Gefühle, Erinnerungen, Wissen und Ahnungen ihr Gegenüber und bildeten plötzlich ein zusammenhängendes Bild. Endlich konnte ich SEHEN. Ich verstand plötzlich, was Viktor getan hat.

Tori ist kein normales Kind. Keine einzigartige Mischung von mütterlichen und väterlichen Genen. Kein neues Geschöpf in der unendlichen Vielfalt der Biologie. Tori ist ein Klon. Tori ist Viktor.

An die Fahrt zurück habe ich keine Erinnerung mehr. Ich weiß noch, dass ich mich von dem Laborleiter verabschiedete, den Bericht entgegen nahm, und seine Bürotüre öffnete. Danach ist Leere. Ich kann mich auch heute noch nicht daran erinnern, ins Auto gestiegen zu sein. Ich weiß nicht, wie ich meinen Weg zurück fand, wie ich mich durch die Autobahnkreuze auf dem Weg nachhause bewegte. Das nächste Bild, das ich nach Verlassen des Labors in Utrecht meiner Erinnerung entreißen kann, ist, wie ich zuhause in meinem Bett liege und an Dolly denke. Dolly aus meinen Kindertagen, das erste Klonschaf. Ihre Bilder in der Zeitung. Ihr Blöken im Fernsehen. Das erste geklonte Säugetier. Eine Berühmtheit. Jahre später verstarb Dolly, viel zu früh, aber trotz einer Autopsie konnte keine echte Begründung für ihren frühen Tod gefunden werden. Ich war noch sehr klein damals, aber Dollys Tod machte mich traurig.

Mein Baby, mein geliebter Sohn, der kleine, greisenhafte, lebensfrohe, schlaue, genügsame Tori mit seinem Glatzkopf und den großen Augen — er war ein Klon wie Dolly. Viktor hatte sein Wissen, seine Macht und sein Geld eingesetzt und sein eigenes Erbgut zur Laborratte werden lassen. Mit meinen geklauten Eizellen hatte er ein Wesen geschaffen, das werden sollte wie er. Seine Augen, seine Gestalt, seinen Verstand, seinen Erfolg hatte er reproduzieren wollen. Aber die Punktmutation auf dem ZMPSTE24-Gen, sie hatte seinen größten Erfolg in seinen schlimmsten Misserfolg gewandelt. Statt eines zweiten, noch besseren Viktor hatte ihm die Natur vor Augen geführt, dass auch ein exakt geplantes, hervorragend durchgeführtes Experiment noch scheitern konnte. Denn mehr war Tori nicht für ihn: nur ein gescheitertes Experiment.

Aber was war Tori für mich? Ein hochtechnisiertes Kuckuckskind? Meine Eizelle, entkernt, mit einem Zellkern aus Viktors Körper verschmolzen, durch chemische Stimulans zu weiteren Zellteilungen angeregt... Nein. Tori wird für mich immer mein Kind sein. In meinem Körper gewachsen, von meinen Armen gehalten. Aber Tori ist auch Viktor. Kann ich Tori wirklich noch „mein Kind" nennen? Kann ich ihn noch wie mein Kind lieben? Ist er mein Kind? Wie kann ich als Mutter nicht sicher sein, ob ich das Kind, das ich geboren habe, auch „mein Kind" nennen kann?

Ich schlief nicht in dieser Nacht. Ich lag auf meinem Bett und starrte in die Dunkelheit. Als es draußen langsam hell wurde, stand ich auf und fuhr wieder zu Tori ins Krankenhaus.

Natürlich bin ich meilenweit von Viktors Intelligenz entfernt. Viktor ist mit Verstand gesegnet. Er ist gebildet, vollgepumpt mit Wissen, blitzgescheit, analytisch, kreativ, unmoralisch. Die idealen Voraussetzungen für wirklich bahnbrechende Erfindungen. Und davon hat Viktor eine Menge gemacht. Anfangs hat er mir noch von seinen verschiedenen Projekten berichtet. Ich war immer ganz ehrfürchtig, vor allem, weil Viktor eben ....hier fehlt mir das richtige Wort. Mein Kopf tut weh, meine Augen brennen. Mein Rücken schmerzt... Ich weiß, es gibt ein Wort für das, was ich meine, Ich benutze es oft, um Viktor zu beschreiben...aber gerade will es nicht in mein Bewusstsein treten....ich bin so müde....der Bildschirm flimmert vor meinen Augen...das Wort...es bedeutet über die Grenzen seines Berufes hinaus...mir fällt es wieder ein, interdisziplinär. Kein Wunder, dass mich allmählich die Kräfte verlassen. Ich sitze schon mehr als zwanzig Stunden hier und schreibe. Ich habe nicht geschlafen, nicht gegessen, nur etwas Wasser getrunken. Aber viele Worte habe ich geschrieben und ich merke, dass es mir gut tut, alles aus mir heraus zu schreiben...und zu schreien. Ja, ich schreie und schluchze beim Schreiben. Niemand kann mich hier hören und ich glaube nicht, dass Viktor mich im klassischen Sinne sehen und wahrnehmen kann. Ich werde mich ein wenig ausruhen.

Ich habe eine Weile auf Viktors Sofa gelegen. Er hat ein schwarzes Ledersofa in seinem Labor stehen. Es ist lang genug, dass man sich darauf ausstrecken kann. Lange habe ich nicht geschlafen, vielleicht eine halbe Stunde, tief und zum Glück traumlos, wie betäubt. Jetzt fühle ich mich wieder etwas besser. Obwohl, besser? Das ist das falsche Wort. Ich fühle mich schrecklich. Aber wacher als vorhin. Klarer im Geist. Und ich weiß, ich will weiter schreiben. Denn noch ist es zu früh, das Magnetotron zu öffnen. Noch kann ich nicht sicher sein, dass es vorbei ist.

Wo war ich stehen geblieben? ...also Viktor arbeitet immer interdisziplinär. Er ist niemals nur Arzt oder nur Physiker oder nur Chemiker oder nur Biologe oder nur Geschäftsmann. Er ist immer alles gleichzeitig. Und so hat er die verrücktesten Dinge entwickelt und zu Geld gemacht. „Am meisten zahlen die Leute für ihre Unsterblichkeit, Hanna" höre ich Viktor sagen. „Ob es nun um die Erfüllung eines Kinderwunsches geht oder um das Verlangsamen des Alterns. Es geht doch nur um die eigene Unsterblichkeit, darum, den eigenen Genen einen Vorteil zu verschaffen. Das ist das einzige, was uns antreibt. Wir wollen nur überdauern." Und wirklich, Viktor hat am meisten Geld mit seiner Kinderwunsch-Klinik und der Ifowa verdient. Allerdings nur deshalb, weil er als einer der wenigen alles Machbare auch verkauft – ungeachtet dessen, ob es unmoralisch oder sogar ungesetzlich ist. Nur bei Tori...da hat er versagt. Voll und ganz. Er hat ihm nicht geholfen, obwohl er es sicher gekonnt hätte. Das verzeihe ich ihm niemals. „Niemals" hört sich so nach „Ewig" an, aber unsere Ewigkeit wird bald zu Ende sein. Dann gibt es kein „uns" mehr.

Kurz nachdem ich erfahren hatte, dass mein Baby, mein geliebter Sohn, mein greisenhafter Tori, mein krankes Kind, genetisch Viktors Zwilling, sein Klon, war, ging es mit Toris Gesundheit weiter steil bergab. Ich sah Viktor kaum, er kam nicht ins Krankenhaus, aber ich wachte Tag und Nacht an Toris Bett. Die Dialyse zehrte ihn aus, klein und durchscheinend lag er vor mir. Tori. Viktor. Ich wollte es nicht glauben, aber auch wenn mein Verstand Viktors nicht ebenbürtig war, hatte ich alles verstanden. Ich verstand nun auch, warum Viktor sich nicht als möglicher Spender hatte testen lassen. Er wäre der ideale Spender gewesen. Was gibt es besseres als einen eineiigen Zwilling? Vollkommen gleiche Gene, gleiche Gewebestrukturen...die ideale Voraussetzung für eine Transplantation. Aber wozu? Tori würde ohnehin bald sterben. Experiment gescheitert. Aber schließlich konnte Viktor sich jederzeit neu klonen. Eine verliebte, naive Frau, eine Eizelle, ein bisschen Simsalabim in seiner Kinderwunsch-Klinik — und schon wäre der nächste kleine Viktor da. Diesmal hoffentlich ohne den bedauerlichen Fehler in der Meiose. Eine miese kleine Punktmutation hatte Viktors große Pläne in eine Katastrophe verwandelt. Das würde ihm nicht noch einmal passieren...Viktor macht niemals den gleichen Fehler zweimal. Beim nächsten Mal würde er nicht darauf vertrauen, dass seine DNA den Transfer in eine Eizelle unverändert überstehen würde. Er würde die Superovulation nutzen und in alle Eizellen seine Zellkerne transferieren. Er würde sicher stellen, dass alle Embryos auf alle erdenklichen Gendefekte getestet würden. Nur der beste Mini-Viktor würde seinen Weg in die Gebärmutter einer jungen, verliebten Frau finden. Nur der perfekte Mini-Viktor würde an der Brust seiner Mutter, die nicht seine Mutter war, genährt werden und zum Abbild seines großartigen Vaters heranwachsen. Warum also sollte sich Viktor in Gefahr bringen, um das missglückte Abbild seiner selbst zu retten? Wenn er doch jederzeit ein neues, besseres Exemplar produzieren konnte. Dazu reichte es, das Original zu erhalten. Das einzig wichtige in diesem Szenario war Viktor.

Während ich an Toris Seite ausharrte, verbrachte Viktor seine Zeit mit der Arbeit bei Ifowa. Meine Hoffnung, er würde wie besessen forschen, um etwas gegen das rasende Altern von Tori zu finden, hatte ich nach meinem Besuch in Utrecht aufgegeben. Und ich wusste, dass Viktor sich immer noch mit der Beschleunigung von Altersprozessen beschäftigte. Wie hätte das dem armen Tori jemals helfen können? Viktor erhoffte sich zwar davon weitere Erkenntnisse zum Ablauf des Alterns. Aber nicht, um Tori zu retten. Da saß er also und beschleunigte künstlich das Altern von seinen Laborratten, während sein armer Sohn, sein jüngeres Ich wie im Zeitraffer dahin siechte.

An dem Abend, als ich endlich erfuhr, was es mit dem Magnetotron auf sich hatte, war ich früher als sonst zuhause. Ich war müde. Ich war erschöpft von den letzten Tagen im Krankenhaus. Ich war einsam. Ich war frustriert. Ich war deprimiert. Ich wusste, dass mein Kind sterben würde. Ich wusste, dass mein Kind nicht mein Kind war. Ich war nicht die Frau meines Mannes – nur sein Versuchstier. Ich war zu unglücklich, um wütend zu sein. Ich war zu einsam, um Viktor aus dem Weg zu gehen. Und so saßen wir plötzlich gemeinsam am Kamin, beide mit einem Glas Rotwein in der Hand. Viktor glühte. Ich sah ihm an, dass er einen erfolgreichen Tag erlebt hatte. Viktor fragte nicht, wie es Tori ging. Viktor sagte:"Wenn Tori tot ist, werden wir uns trennen." Ich starrte ihn an und nickte nur. Viktor sprach weiter zu mir: "Ich werde für eine längere Zeit in die Staaten gehen. Mein Anwalt wird alles regeln. Keine Sorge, du musst dich um nichts kümmern. Du wirst gut zurechtkommen." Viktor lächelte und sucht nach Worten. „Du wirst dich wundern...bald....bald....ich habe....ach, was soll's. Du wirst es früh genug erfahren." Viktor sah glücklich aus. Ich wusste, was er meinte. Die Beschleunigung des Alterns. Viktor freute sich, dass er das Altern beschleunigen kann, dass er künstlich erzeugen kann, was die Natur mit seinem Sohn, mit seinem anderen Ich, treibt. In mir stieg die Übelkeit hoch. Ich spürte das Brennen der Magensäure in meiner Speiseröhre. Den bitteren Geschmack auf meiner Zunge. Aber ich schluckte den Mageninhalt wieder hinunter und schaute den Mann an, den ich geheiratet hatte. Den ich geliebt hatte. An den ich geglaubt hatte. Sein Sohn lag im Sterben und er freute sich über den Durchbruch bei seinen Forschungen. Ich konnte sein glückliches Lächeln nicht ertragen. Ich konnte IHN nicht ertragen. Ich stand auf. „Ich fahre wieder ins Krankenhaus. Zu Tori. Es ging ihm heute nicht gut."

Ich verließ das Haus, setzte mich in meinen Wagen und fuhr zu Ifowa. Ich hatte hier schließlich einmal gearbeitet, war die Frau des Geschäftsführers – noch. Die Schranke zur Tiefgarage öffnet sich, als ich mit meinem Auto um die Kurve der Einfahrt bog. Der Sender im

Handschuhfach funktionierte also. Ich wusste, ich würde registriert werden, aber was machte das jetzt noch aus? Ich wollte nichts zerstören, nichts stehlen. Ich wollte nur verstehen.

Ich ging in Viktors Büro, in sein Labor, hierhin, wo ich jetzt schon so lange am Schreibtisch sitze und schreibe. Mit meiner Karte kann ich seine Bürotür immer noch öffnen. Anfangs, als Tori klein war und die Krankheit sich noch nicht so deutlich zeigte, waren wir gelegentlich hier gewesen. Bis Viktor mich bat, nicht mehr mit Tori zu kommen. Viktor schämte sich für seinen Sohn. Seinen Klon.

Nun war ich ganz alleine in seinem Büro. Ich setzte mich an den Schreibtisch. Seine Schubladen waren mit einem Nummernschloss gesichert. Ich versuchte Viktors Geburtsdatum. Nichts tat sich. Meins. Toris. Nichts. Ich versuchte es mit dem Geburtstag von Viktor Vater...das Schloss ließ sich öffnen. Die Berichte zum Magnetotron lagen alle in der obersten Lade. Ich saß auf Viktors Stuhl, genau wie jetzt auch, und las die Berichte. Viktor ist ein haptischer Mensch, er druckte alle seine Berichte aus. Er liebt Papier. Ich las. Schließlich war ich einmal auf dem Weg gewesen, Chemikerin zu werden. Damals, Lichtjahre entfernt. „Dummerchen, ein Lichtjahr ist keine Zeiteinheit. Hanna, das solltest du doch wissen. Es ist eine Strecke." Viktors Spot kümmerte mich nicht mehr. Lichtjahr hört sich einfach an wie eine

Zeitspanne. Jeder normale Mensch benutzt es, um eine lange Zeit auszudrücken, und irgendwie ist es das ja auch, denn die Länge einer Strecke wird erst durch die Zeit, die man zu ihrer Überwindung benötigt, richtig lang. Ich musste Viktor nicht mehr gefallen.

Merkwürdig, als ich damals in Viktors Büro einbrach, hoffte ich immer noch, irgendetwas zu finden, was Tori helfen könnte. Einen Hinweis auf die Prozesse des Alterns, einen Ansatzpunkt für eine neue Theorie. Auch wenn ich nicht so schlau bin wie Viktor, glaubte ich doch, dass meine Liebe zu Tori mich etwas sehen lassen würde, was Viktor nicht gesehen hatte. Ich las Berichte über das Sterben von Mäusen und Ratten. Ich betrachtete Kurven, die zeigen, wie durch die Kombination von Magnetotron und massiver Gabe eines bestimmten ATP-Derivates die Prozesse in einem höheren Organismus unglaublich beschleunigt werden können. Rein rechnerisch laufen die Prozesse etwa 8000-mal schneller ab als ohne die Behandlung. Zwei hoch dreizehn, um genau zu sein also 8192-mal schneller. Eine Stunde wird zum Jahr. Das Fazit seiner viele Jahre dauernden Forschung hatte Viktor mit seinem blauen Füllfederhalter unter den Bericht geschrieben. „Heureka. Es funktioniert". Viktor feierte, weil er es geschafft hatte, Mäuse binnen weniger Minuten zu Greisen werden zu lassen. Meine Verzweiflung wurde immer größer. Nichts, was ich in Viktors Unterlagen fand, ließ mich einen Hauch von Hoffnung spüren. Ich las Viktors Bericht über seine Versuche mit Kaninchen. Iam Ende des Berichts fand ich eine CD. Ich fuhr den Computer hoch, legte die CD ein und schaute mir das Verzeichnis der gespeicherten Dateien an. Ich klickte auf die Video-Datei.

Viktor stellt sich vor die Kamera und beginnt zu erklären, dass er sein Versuchstier gleich einem künstlichen Alterungsprozess unterziehen wird. Er zeigt auf den Glaskasten hinter ihm, erläutert kurz das Prinzip des Magnetotrons, seine Erfindung, seine Entwicklung. Das Kaninchen, jung, lebendig, gesund, ängstlich. Viktor gibt ihm eine Injektion, dann setzt er es den großen, gläsernen Kasten. Der Kasten ist riesig, bestimmt drei mal drei Meter, wie ein kleines Zimmer. An der gläsernen Decke und im gläsernen Boden befinden sich riesige Elektromagnete und eine Art Röntgengerät. Die Türe ist eher wie eine Schleuse. Viktor betritt den Kasten, setzt das Kaninchen auf den gläsernen Boden und verlässt den Kasten wieder. Er verschließt die Schleuse und setzt sich vor einen Monitor. Er tippt einige Befehle, und die Elektromagnete fangen an zu summen. Die Kamera ist weiter auf Viktor und den hinter ihm stehenden Glaskasten gerichtet. Im Glaskasten scheint etwas wie Nebel zu entstehen. Das Kaninchen ist zuerst noch schemenhaft zu erkennen, dann verschwindet es im Nebel. Die Kamera zoomt auf die Zeitanzeige des Steuer-Computers. Das Bild wird kurz schwarz. Dann erscheint wieder die Zeitanzeige. Inzwischen sind zehn Stunden vergangen. Die Kamera zoomt in den Raum zurück. Viktor tippt wieder Befehle auf seiner Tastatur.

Das Summen der Elektromagneten verstummt. Der Nebel verzieht sich. Das Kaninchen erscheint wieder. Es liegt auf dem Boden. Tot. Viktor öffnet die Schleuse des Magnetotrons und holt das tote Kaninchen heraus. Er lächelt stolz in die Kamera. „Eine Autopsie würde ergeben, dass dieses Kaninchen mindestens 12 Jahre alt geworden ist. Seine Organe sind gealtert, seine Knochen weisen Zeichen von Osteoporose auf, seine Arterien sind verkalkt. Wir haben es geschafft, den Alterungsprozess zu manipulieren. Wenn wir ihn beschleunigen können, werden wir ihn auch irgendwann bremsen können." Hier endet das Video.

Ich kann nicht genau erklären, wie Viktor es geschafft hat, die biologischen Prozesse in einem Wirbeltier zu beschleunigen. Die Anfänge seiner Forschung hatte ich bei NST mitbekommen. Damals ging es um Bakterien, die mithilfe chemischer Substanzen zu einer schnelleren Zellteilung angeregt wurden. Bakterien! Der Weg vom Einzeller zum Kaninchen ist bekanntlich weit. Lichtjahre!!!! Aber Viktor hat es geschafft. Das Wirbeltier wird mit einer hohen Dosis eines von ihm entwickelten ATP-Derivates sensibilisiert. Alle biologischen Prozesse stehen sozusagen in den Startlöchern für einen Sprint. In der Natur ist die kurzfristige Beschleunigung von biologischen Prozessen durchaus sinnvoll, zum Beispiel bei einer Flucht. Genauso wie die Verlangsamung der biologischen Prozesse bei Tieren, die in Winterschlaf fallen. Aber diese Phasen sind zeitlich begrenzt und werden durch den normalen Lebensrhythmus wieder abgelöst.

Viktor hat den mit ATP-D235 gedopten Körper zusätzlich einer massiven elektromagnetischen und Neutronen-Strahlung ausgesetzt. Diese Kombination initialisiert den Prozess der Beschleunigung. Der Organismus ist hochgeputscht und fängt an, wie wild sein Programm abzuspulen. Immer schneller. Da alle Prozesse sich beschleunigen, verlangsamt sich die Wahrnehmung der Zeit. Der Körper ist sozusagen in einer anderen Zeit unterwegs. Für ein Kaninchen sicher irritierend. Wie mag es einem Menschen ergehen? Die Erfahrung sagt einem, dass das Herz etwa 3600-mal schlagen muss bis eine Stunde vorbei ist. Wenn der Organismus Ruhe benötigt ist es Nacht. Einmal ruhen und einmal aktiv sein, ist ein Tag. Wenn 365 Tage vergangen sind, ist ein Jahr vorbei. Nach 80 oder 90 Jahren ist das Leben zu Ende. Das kennen wir. Allen um uns herum ergeht es so. Aber im Magnetotron wird man selber immer schneller. Der Herzschlag beschleunigt sich, die Atmung beschleunigt sich, alle Prozesse beschleunigen sich. Aber die Welt, sie bleibt bei ihrem Tempo. Da einem die inneren Koordinaten nichts Ungewöhnliches melden, denn alles ist ja beschleunigt, scheint nur die Welt um einen herum stehen zu bleiben. Während man selber einen Tag und eine Nacht erlebt, hat die Welt dort draußen gerade einen Wimpernschlag vollbracht. Was wäre, wenn man sich derart beschleunigt durch die erstarrte Welt bewegen könnte?

Ist es das, was Tori fühlt? Zu sehen, wie der Körper

rasant altert, aber um ihn herum verstreicht die Zeit langsam, bleiben die Menschen, wie sie sind?

Das Magnetotron... Viktor hat Chemie, Physik und Medizin in einen Kupferkessel geworfen, ein paar Körnchen Geldgier eingestreut, die moralischen Bedenken extrahiert, kräftig umgerührt und heraus kam....der Altbrunnen. Der Alptraum der Menschheit. Das Negativ vom Traum der ewigen Jugend. Statt „Forever young" „suddenly old". Als ich seine euphorischen Berichte gelesen hatte, als ich das Video von dem Versuchstier gesehen hatte, war mir klar, dass ich hier in Viktors Labor lange nach etwas suchen könnte, was Tori helfen würde. Altern und Sterben – das musste bei Tori bestimmt nicht beschleunigt werden.

Ich war todmüde. Der Ausflug in Viktors Büro hatte meine letzten Energien verbraucht. Ich fuhr wieder ins Krankenhaus und legte mich in das Bett neben Tori. Dort hatte ich die letzten Wochen und Monate meine meiste Zeit verbracht. Nahe bei Tori, für ihn da, wenn er mich brauchte. Nach dieser Nacht brauchte er mich nicht mehr. Es war seine letzte Nacht.

Ich wachte gegen zwei aus einem unruhigen Schlaf auf. Wie immer ging mein Blick zu Tori. Er schlief. Sein kleiner Kopf mit der vorspringenden Nase lag entspannt auf seinem Kissen. Plötzlich zuckte sein Körper und Tori fing an, ganz merkwürdig zu röcheln. Ich drückte den Notfallknopf, die Schwester kam, gefolgt vom Arzt der Nachtschicht und schließlich vom gesamten Notfallteam. Tori war inzwischen ganz still. Der Herzfrequenz-Monitor zeigte eine horizontale Linie. Ich stand teilnahmslos daneben und sah zu, wie die Ärzte versuchten, Tori wiederzubeleben. Sie spritzten Adrenalin und setzten den Defibrillator an, Blutkonserven standen bereit, um sie in seinen kleinen Körper zu pumpen. Nach einer halben Stunde gaben die Ärzte ihn auf. Tori war gegangen. Tori war tot. Und in diesem Augenblick fühlte ich mich, als sei auch ich tot.

Die Woche nach Toris Tod war gefüllt mit Terminen. Ich weigerte mich standhaft, einer Autopsie zuzustimmen, und schließlich gab Viktor nach. Die Ärzte gaben als Todesursache einen schweren Infarkt an. Nicht selten bei Kindern mit Progerie, aber selbst für diese Krankheit ein früher Zeitpunkt. Dr. Kuhlmann kondolierte uns und meinte, Tori hätte – wenn man bei einer so seltenen Krankheit überhaupt davon sprechen könnte – an einer atypischen Form der Progerie gehandelt. Er hätte Tori gerne noch untersucht, aber er hatte auch Verständnis für meine Weigerung, einer Autopsie zuzustimmen. Das frühe Nierenversagen könnte ein Indiz für einen weiteren Gendefekt sein und wir seien doch noch jung und sicher sei es noch zu früh darüber nachzudenken aber falls wir noch weitere Kinder haben wollten wäre es doch gut zu wissen... Dr. Kuhlmanns Redefluss versiegte schließlich.

Die Organisation von Toris Bestattung überließ Viktor mir. Aus seinem geplanten „längeren Aufenthalt" war inzwischen eine geplante Übersiedlung in die Staaten geworden. Hier gab es viel vorzubereiten. Außerdem verbrachte er nach wie vor viel Zeit alleine in seinem Labor und arbeitete an seinen Forschungen, während ich die Trauerfeier für Tori plante. Er sollte eine schöne Beerdigung bekommen. Sein Sarg war klein, ein Kindersarg in hellblau, bemalt mit goldenen Sternen. Die Trauerhalle auf dem Friedhof ließ ich mit Sonnenblumen schmücken. Ein großes Bild von ihm stand vor seinem Sarg. Ein Bild, dass ihn zeigte, wie er gewesen war: ein junger Greis, gezeichnet von den Beschwerden des frühen Alterns, aber mit fröhlichen, jungen Augen. Es liefen nur Lieder, die Tori geliebt hatte. Ich wollte keinen Pfarrer, aber auch keinen weltlichen Redner. Niemand sollte reden. Ich wollte keinen Trost. Keine Gebete. Kein Mitgefühl. Ich wollte Rache.

Viktor, dass wurde mir in den Tagen nach Toris Tod klar, sollte nicht davon kommen. Tori hätte seinen Vater überleben sollen – statt dessen war er schneller gealtert und vor ihm gestorben. Ich, Hanna von Braunmühl, geborene Schmitz, würde den berühmten Viktor von Braunmühl für das bestrafen, was er meinem Sohn, der nicht mein Sohn war, sondern mein Ehemann in einer jüngeren Ausgabe, der missratene Klon eines berühmten Mannes, nicht würdig, gerettet zu werden, angetan hatte. Denn ich war überzeugt davon, dass Viktor

Schuld an all dem war. Schuld an Toris kurzen Leben. Schuld an seinem viel zu frühen Tod. Schuld an seinem Leiden. Schuld an meinem Leiden. Schuld. Schuld. Schuld. Viktor war schuldig. Viktor sollte so etwas nie wieder tun können. Meine Rache-Gedanken hielten mich aufrecht. Sie ließen mich die Beerdigung überstehen, ohne eine Träne zu weinen. Nachdem der kleine Sarg in die Erde gesunken war, verließen Viktor und ich den Friedhof. Wir sprachen kein Wort, unsere Körper berührten sich nicht. Natürlich konnte ich keinen Trost bei Viktor finden. Viktor war schuld. Und Viktor – so schien es – brauchte keinen Trost. Alle großen Wissenschaftler müssen mit Fehlschlägen klar kommen. Tori war ein Fehlschlag, aber nun galt es etwas Neues zu schaffen! Auf in ein neues Leben in den Staaten. Mit weniger Beschränkungen für die Wissenschaft, mit noch mehr zahlungskräftigen Kunden, die bereit waren, für einen Hauch von Unsterblichkeit ein Vermögen zu geben. Ob sie auch bereit waren, für ein beschleunigtes Altern zu zahlen? Wohl kaum.

Am Friedhofstor trennten wir uns, denn Viktor war direkt aus dem Labor zur Beerdigung gefahren. Seine Umgebung bewunderte ihn für seine Haltung und verstand, dass er sich nach diesem schmerzlichen Erlebnis in die Arbeit stürzte. Mir war klar, dass seine Arbeitswut kein Weglaufen vor der Trauer war – denn Viktor spürte keine Trauer. Nur die Enttäuschung über seine Niederlage als Wissenschaftler. Und ich war mit dieser Niederlage verbunden. Viktor konnte zwar nicht wissen, dass ich wusste, was ich wusste, aber mir war klar, dass er mich schon vollkommen abgeschrieben hatte auf seinem Weg in sein neues Leben.

Ich stieg in meinen Wagen und fuhr aus der Stadt hinaus. Ich setze mich an den See, wo ich mit Tori noch im letzten Sommer gewesen war – eher an den nicht so schönen Tagen, wenn wenig los war und Tori nicht den mitleidigen und neugierigen Blicken der anderen ausgesetzt war. Hier saß ich und weinte, bis es dunkel wurde. Ich weinte um Tori, aber ich weinte auch um die Hanna, die ich gewesen war, bevor ich Viktor kennenlernte.

Als ich am nächsten Morgen aufstand, war Viktor schon weg. Ich schaute auf seine benutzte Kaffeetasse. Ich sah die zerpflückte Tageszeitung. Ich versuchte zu spüren, ob ich noch etwas fühlte für diesen Mann, den ich einmal geliebt hatte. Den Vater meines Sohnes....nein, den Schöpfer eines Klons.

Ich fühle mich müde. Auch wenn Toris Tod erst einige Wochen her ist, kommt es mir so vor, als hätte ich von etwas erzählt, was Monate oder Jahre zurück liegt. Als wäre ich in den wenigen Wochen eine alte Frau geworden. Wie viele Stunden sind vergangen, seit ich Viktor in das Magnetotron gesetzt habe? Wie wird er jetzt aussehen? Ob er bereits tot ist? Ich hoffe nicht, denn das hieße, dass sein Leiden bereits vorbei wäre. Diese

Stunden, die ihm wie eine Ewigkeit vorgekommen sein müssen. Wann wird er aufgewacht sein und gemerkt haben, wo er ist und was mit ihm passiert? Was wird er nicht alles unternommen haben, um dem Magnetotron zu entkommen? Schreie dringen nicht nach außen. Ich habe nichts gehört. Aber hätte ich etwas hören können? Viktors Körper ist auf einer anderen Frequenz unterwegs. Ich habe es selber gesehen, bei dem Video über das Kaninchen. Es schien zu verschwinden. Wenn man in die Welt des Magnetotrons hereinschaut (und vermutlich auch, wenn man heraus schaut), kann man von der anderen Welt nichts wahrnehmen. Die unterschiedliche Geschwindigkeit des Lebens diesseits und jenseits der Wände des Magnetotrons erlauben keinen Wahrnehmung der anderen Welt. Viktor ist in seinen Berichten geradezu philosophisch geworden. Denn die Existenz eines Lebens, welches mit einer anderen biologischen Geschwindigkeit abläuft, nicht wahrnehmen zu können bedeutet doch auch, dass unsere Wahrnehmung nur das als existent ansehen kann, was die gleiche Geschwindigkeit hat. So ist es doch auch mit unseren Gedanken. Der, der schnell denkt, wird von den langsamen nicht verstanden, nicht gesehen. Andere Existenzformen, deren biologische Geschwindigkeit sich von unserer unterscheidet, können parallel zu unserer Welt existieren, ohne, dass wir jemals voneinander erfahren.

Es war nicht leicht, Viktor in das Magnetotron zu schaffen. Nachdem ich beschlossen hatte, dass Viktor büßen soll, spürte ich, wie das Leben in mir wieder stark wurde. Düster zwar und hart, aber stark. Ich las in meinen Toxikologie Büchern und landete schließlich bei der Hydroxybutansäure, auch bekannt als liquid extasy. Gemischt mit Diazepam macht es einen erwachsenen Mann schläfrig und willenlos. Die Dosierung war wichtig – zu viel Diazepam und Viktor wäre nicht mehr in der Lage zu laufen. Zu wenig Hydroxybutansäure und Viktor würde mir nicht folgen wollen. Zu viel von beidem und Viktor würde in einem gnädigen Koma seinem Tod entgegen schlafen. Als ich ihm...wie lange ist es her...als ich ihm gestern Abend einen Drink mixte...mit viel Bitter Lemmon, denn Hydroxybutan-säure schmeckt ein wenig bitter...ich bin so müde.

Ich bin wieder eingeschlafen. Diesmal hier am Schreib-tisch. Ein kurzer Moment der Schwäche...lange kann ich nicht geschlafen haben, aber wie so oft in den letzten Wochen habe ich geträumt. Tori war da. Er lächelte mich an und schlang seine Kinder-Greisen-Arme um mich. Ich fühlte mich leicht und glücklich. Wir standen vor dem Gewächshaus, die Sonne schien warm auf meine Haut. Es duftete nach Lavendel und Rosen. Dann fing Tori an zu sprechen, sehr erwachsen und irgendwie mit Viktors Stimme: „Mama, ich habe mich geheilt. Der Defekt auf meinen Genen ist verschwunden. Ich werde wachsen." In dem Moment fing Tori an zu wachsen, sei-ne Haare sprießten, alles Spitze und Kantige und Faltige an ihm verschwand, er wurde größer und größer und lachte dabei, erst mit dem Tori-Lachen, doch je größer er wuchs, desto mehr verwandelte es sich in das Viktor-Lachen. Er rief: „Ich bin genial!" Lachte und schaute auf mich herab. Ich bekam Angst vor Tori, der jetzt Viktor war und wollte davon laufen. Tori-Viktor lachte und sagte: „Dummerchen, du bist doch gefangen in deiner Zeit." Und wirklich, ich konnte mich nicht mehr rühren. Um mich herum raste die Zeit, und ich stand bewegungslos und sah alles wachsen und verblühen und entstehen und wieder zerfallen. Ich fing an zu schreien.

So ergeht es mir in meinen Träumen. Ich bin hilflos, gefangen, verspottet, voller Angst und alleine. Darum meide ich den Schlaf, wann immer ich es schaffe. Manchmal überfällt er mich, so wie gerade eben. Er überwältigt mich, reißt mich hinab in seinen Strudel, überschüttet mich mit Bildern und Gefühlen, schmeißt mich hin und her und lässt mich erst wieder aus seinen Klauen, wenn ich schreie oder weine. Seit Tori tot ist, nein, eigentlich seit Utrecht, aber in meiner Erinnerung scheint das alles eins zu sein. Seitdem mein geliebtes Kind sich in einen Klon verwandelt hat, seitdem ich weiß, dass ich nichts weiter als ein Wirtstier in einem Experiment war, seitdem ich Viktor erkannt habe, findet mein Verstand keine Ruhe mehr.

Nachdem ich Viktor die Hydroxybutansäure in seinen Drink gemischt hatte, war es leicht ihn noch zum Schlucken eines Valiums zu überreden. Liquid extasy ist die Lieblingsdroge der schlechten Menschen. In meiner

Jugend — das hört sich an, als sei ich eine alte Frau! -
war Hydroxybutansäure auch als k.o.-Tropfen bekannt.
Wir hörten Geschichten über junge Mädchen, die in der
Disko ein Getränk angenommen hatten und sich dann
an nichts mehr erinnern konnten. Hatte ein Mädchen
die k.o.-Tropfen erst einmal intus, folgte es willenlos
seinem Täter und ließ alles wehr- erinnerungslos über
sich ergehen. Alleine der geschundenen Körper erzählte
die brutalen Details der verlorenen Nacht. Er erzählte
von Misshandlung und Vergewaltigung. Auch der groß-
artige Viktor war nicht vor der Wirkung der Hydroxybutansäure gefeit. Kurz nachdem er seinen Wodka
Lemmon getrunken hatte — wie immer hatte er sein ers-
tes Glas Alkohol am Abend fast in einem Zug geleert —
setzte er sich in seinen Sessel und schloss die Augen.
Nach einem kurzen Moment öffnete er sie wieder und
schaute mich an, noch mit dem Bewusstsein, dass etwas nicht stimmen konnte. „Hanna...mir....ist...nicht
...gut." Ich nahm ihn in den Arm und tätschelte seinen
Rücken. „Hier, nimm die Tablette. Das wird dir helfen."
Ich konnte sehen, wie Viktor versuchte, sich zu verwei-
gern, aber die Hydroxybutansäure hatte schon seine
Blut-Hirn-Schranke überwunden und seine Rezeptoren
blockiert. Keine Chance, seine eigenen Gedanken zu
denken oder gar umzusetzen. „Komm, steh auf!" sagte
ich freundlich und reichte ihm meine Hand. Viktor
ergriff sie und folgte mir willig zum Auto. „Setz dich,
aber nicht einschlafen." Viktor brummelte nur noch.
Auf dem Weg zum Labor nickte er ein und nachdem ich
mein Auto in der Tiefgarage geparkt hatte musste ich
ihn schütteln, damit er wieder aufwachte. Tragen

konnte ich ihn nicht. Er schlurfte hinter mir her, blinzelte mit den Augen und versuchte zu sprechen. „Wa...wa...wa...ich...." „Es ist alles gut, komm nur mit. Du brauchst keine Angst zu haben."

Viktor trottete an meiner Hand in sein Labor. Ich setzte ihn auf seinen Schreibtischstuhl und entriegelte das Magnetotron. Mit dem Schreibtischstuhl rollte ich ihn herein als säße er in einem Rollstuhl. Das Diazepam entfaltete zusätzlich seine Wirkung und Viktor schien langsam wegzudämmern. Im Magnetotron ließ ich ihn vom Stuhl vorsichtig auf den Boden gleiten und brachte ihn in eine stabile Seitenlage. Jetzt schlief er tief und fest. Ich kontrollierte seinen Puls und seine Atmung.

Ich suchte in seinen Protokollen nach der Dosierung von ATP-D233. Sein letztes Versuchstier hatte bei einem Körpergewischt von viereinhalb Kilogramm fünfzehn Milliliter injiziert bekommen. Bei Viktors achtzig Kilogramm musste ich ihm also gut zweihundertsiebzig Milliliter spritzen. Eine ziemlich große Menge für eine subkutane Injektion. Viktor würde Schmerzen haben, wenn er wieder aufwacht. Ich setzte ihm zwei hundert-Milliliter Spritzen in jede Pobacke und dann noch einmal siebzig Milliliter in den Arm. Ich hoffte, dass die Dosierung vom Kaninchen auf den Menschen übertragbar war. Viktor reagierte nicht mehr. Der Cocktail aus Valium und k.o.-Tropfen hatte ihn betäubt. Ich ging hinaus, verriegelte das Magnetotrons und studierte die

Prozeduren zum Hochfahren der Magneten und Neutronenkanonen.

Mir kommt es so vor, als ob das vor einer Ewigkeit geschehen sei. Als ob eine andere Hanna, in einer anderen Zeit, Viktor dort abgelegt, ihn mit einer nicht zugelassen und am Menschen unerforschten Substanz vollgespritzt und schließlich elektromagnetischer und radioaktiver Strahlung ausgesetzt hat.

Die Zeit ist nun fast um. Die dreißig Stunden sind fast vorbei. Ich war nicht an der Türe des Magnetotrons. Ich habe hier gesessen und geschrieben, ein wenig geschlafen. Ich war stark, während Viktor immer schwächer wurde. Ich habe nichts unternommen, um ihm zu helfen. Ich hätte zu jeder Zeit den Prozess unterbrechen können. Dann hätte ich ihm nur einige Jahre seines Lebens gestohlen – nun habe ich ihm wohl sein ganzes Leben gestohlen. So wie er Toris Leben gestohlen hat. Nicht für ihn da war, als er ihn brauchte. Eine Niere nur hätte Tori noch viele Jahre Leben bescheren können. Jahre, in denen neue Medikamente entwickelt worden wären. Tori hätte noch mehr Leben verdient. Viktor nicht.

Ich habe Angst. Ich weiß nicht, was mich erwarten wird, wenn ich das Magnetotron öffne. Wie wird Viktor aussehen? Wird er schon tot sein? Ich stelle mir seinen

Körper vor, der vor dreißig Stunden noch durchtrainiert und gesund aussah. Die Gesichtshaut dank seines Chirurgen-Freundes glatt, der Körper dank seines Fitness-Trainers knackig, mit perfekten Blutwerten und Organkennzahlen. Wie wird sich Viktor gefühlt haben, als er verstand, wo er war, was mit ihm passierte? Was wird er versucht haben, um der Falle zu entkommen, deren Existenz er doch nur seiner eigenen Brillanz zu verdanken hat? Sicher wird er an Tori gedacht haben, an seinen kleinen Körper, der viel zu schnell vom Alter heimgesucht und dahingerafft wurde. Ob er verstanden hat? Dass nun er altert, während die Zeit außerhalb des Magnetotrons quasi anhält? Wird er mich gesehen haben? Wie ich nahezu regungslos an seinem Schreibtisch saß, in unendlich unerträglicher Zeitlupe die Buchstaben auf dem Bildschirm seines Computers erschienen? Er eilt der Zeit voraus, altert, wird schwächer, während dort draußen nur ein Tag, eine Nacht vergehen. Vielleicht werden auch Viktors Nieren irgendwann versagt haben. Hat Viktor seine Hände anschwellen, seine Haut immer fahler werden sehen, wurde das Atmen schwer? Oder hat ihn ein Herzinfarkt oder Schlaganfall gnädig schnell sterben lassen?

Wird es Zeichen geben, die darauf hindeuten, dass er versucht hat, Kontakt mit mir aufzunehmen, heraus zu kommen aus dem Magnetotron? Was bin ich? Eine Mörderin? Ich habe meinen Mann eingesperrt und dem sicheren Tod überlassen. Ist das Mord? Was soll jetzt aus mir werden? Ohne Tori, ohne Viktor.

Ich bin so müde. Viktor und Tori, die ein und derselbe sind und doch zwei verschiedene Menschen...beide von mir geliebt, beide tot. Der eine vom eigenen Vater - oder soll ich besser sagen Schöpfer? - dem Tod überlassen, der andere von der eigenen Frau in den Tod gesperrt. Was waren wir für eine Familie? Ein Mann, der sich über alles stellt, der sich eine Frau sucht, die seine Frucht, die er doch gleichzeitig selber ist, zur Welt bringt und dieses Geschöpf dann sterben lässt als es nicht das wird, was er gehofft hat. Wir waren keine Familie. Wir waren...ich weiß es nicht, was wir waren, Viktor, Tori und ich. Monster? Und warum bin nur ich übrig geblieben?

Könnte ich doch die Zeit zurückdrehen. Ich würde noch einmal starten wollen, am besten an dem Tag, bevor ich Viktor kennenlernte. Ich gehe zu Frau Dr. Berger-Holthaus und teile ihr mit, dass ich mich entschlossen habe, mich ganz auf mein Studium zu konzentrieren, dass ich den Job bei NST aufgeben werde. Ich packe meine Sachen, und verlasse das Gebäude von NST, einen Tag, bevor Viktor es betritt. Wir werden uns also nicht treffen. Ich werde an die Uni gehen, studieren, jobben, hart arbeiten. Nach meinem Abschluss werde ich eine Stelle als wissenschaftliche Assistentin ergattern und meinen Doktor machen. Ich werde weiter hart arbeiten und eine wichtige Untersuchung veröffentlichen. In dieser Zeit lerne ich einen anderen Doktoranden kennen. Er ist genauso alt wie ich und wie ich musste auch er kämpfen, um dahin zu kommen, wo wir beide sind. Wir verlieben uns, ziehen zusammen, heiraten. Haben gute Jobs. Bekommen Kinder. Echte Kinder. Mit einem Chromosomen-Mix von Vater und Mutter, ein neues, einzigartiges Geschöpf, ein Wunder, ein Geschenk Gottes. Wir sind sehr glücklich. Ich habe es geschafft, aus eigener Kraft habe ich das triste Leben meiner Familie verlassen und mir ein schönes Leben aufgebaut. Ich habe einen Mann, den ich liebe und der mich liebt, wir schätzen die Nähe des anderen und führen eine gute Ehe – mal glücklich, mal stürmisch, aber immer sicher, dass wir zueinander gehören. Der Name Viktor von Braunmühl sagt mir natürlich etwas, denn er ist ein bekannter Wissenschaftler. Aber er ist mir gleichgültig. Mein Mann und ich werden alt, die Kinder werden groß. Wir beginnen zu reisen, Bildungsreisen nach China und Ägypten und ins Amazonas-Gebiet. Die Kinder studieren, heiraten, wir werden Großeltern. Ich bin eine tolle Oma. Die Enkel lieben mich. Und ich liebe mein Leben.

Ich weiß nicht, ob ich noch mal eine Chance bekommen werde. Ob ich überhaupt eine Chance will. Was soll ich machen, wenn ich das Magnetotron abgeschaltet habe? Nach Hause fahren und die Polizei rufen? Viktor als vermisst melden? Oder sie gleich zum Magnetotron führen? Oder soll ich mich vergraben? In mein Bett legen, die Decke so fest über mich ziehen, dass der Sauerstoffgehalt allmählich immer weiter abnimmt. Mich einfach zu Tode schlafen. Irgendwann wird jemand merken, dass etwas nicht stimmt, dass Viktor nicht mehr auftaucht, dass ich nicht mehr auftauche. Irgendwann wird jemand uns finden.

Vielleicht sollte ich der Polizei einfach alles sagen, ihnen diese Worte hier zeigen, mein Leben mit Viktor, sein Sterben. Dann wissen sie Bescheid, können mich verhaften und einsperren – wie es einer Mörderin gebührt. Ich bin erst einunddreißig. Wie lange werde ich wohl ins Gefängnis müssen? Zwanzig Jahre vielleicht...dann wäre ich mit einundfünfzig wieder draußen. Alleine, ohne Chance auf Kinder, auf Enkel, auf Glück. Mit der Erinnerung an Tori und Viktor. Und wenn ich jetzt weiter kämpfe? Warum sollte ich für Viktors Tod büßen? Er soll für Toris Tod büßen. Er ist schuldig.

Wenn die Polizei ihn findet...wie sollen sie erfahren, was passiert ist, wenn ich es ihnen nicht sage? Wie sollen sie darauf kommen, dass ich über das Magnetotron Bescheid weiß? Viktor hat noch nichts veröffentlicht. Woher sollte ich etwas wissen? Ich habe gerade mein Kind verloren. Was interessieren mich da Viktors Forschungen? Kaum jemand weiß etwas davon. Viktor könnte sich einem Selbstversuch ausgesetzt haben. Viktor könnte wegen Toris Tod eine schwere Depression gehabt haben und sich das Leben genommen haben. Wie sollen sie darauf kommen, dass ich es war? Und wenn doch? Ich habe Angst. Angst davor, aufzugeben. Angst davor, weiter zu kämpfen. Angst davor, mein

Leben weiter zu leben. Angst davor zu sterben.

Und dann wieder.....wenn ich einfach fortgehe? Ich stelle mir vor, dass ich einen letzten Blick auf Viktor werfe, meinen Bericht lösche und zum Bahnhof fahre. Ich steige in einen Zug Richtung Russland. In Moskau verschaffe ich mir einen neuen Pass und fliege dann nach Thailand. Dort fange ich ein neues Leben an. Ohne Viktor, aber mit meiner Trauer um Tori. Ich sehe mich an einem Strand entlang laufen und Blütenblätter ins Wasser streuen. Ich stelle mir vor, dass der Schmerz, den ich heute fühle, sanfter und friedlicher wird, dass Toris Tod irgendwann ein Bestandteil meines Lebens wird – traurig zwar, aber ohne die Kraft, meine Lebensfreude für immer zu zerdrücken.

Ich habe keine Ahnung, wie ich in Moskau einen falschen Pass bekommen soll.

Oder...ich gehe zu Tori. Irgendwo wird er sein, sein kleiner, greisenhafter Körper und sein fröhlicher wacher Geist. Aber wenn er nirgendwo ist, nur in meinen Erinnerungen? Wie kann ich dann mein Leben beenden?

Ich werde zum Magnetotron gehen. Der Steuerungscomputer zeigt die Stärke des aufgebauten Magnetfeldes und die Strahlung an. Ich werde beide Werte innerhalb von Sekunden zurück auf Normal fahren und hoffe, dass Viktor, sollte er noch gelebt haben, diesen schnellen Umkehrprozess nicht überleben kann. Seine dreißig Stunden im Magnetotron haben ihn — nach seinen eigenen Berechnungen — um 28 Jahre altern lassen. Viktor ist jetzt in der Hülle eines 85-jährigen Greises. Gealtert in dreißig Stunden, ohne ärztliche Hilfe, ohne Unterstützung von Medikamenten. Alle Leiden, die ihn überfallen haben, sind mit voller Wucht eingeschlagen. Keine Medikamente zur Milderung der Schmerzen in den Gelenken. Nichts, was die Knochen davon abhielt, langsam brüchig zu werden. Nichts, um den unruhigen Herzschlag zu stabilisieren. Nichts gegen hohen Blutdruck. Nichts gegen die Angst. Viktor muss tot sein, wenn ich die Schleuse entsichere.

Ich habe große Angst.

Ich kann mich noch nicht trennen von den vielen Worten, die ich in den letzten Stunden aufgeschrieben habe. Was soll ich damit tun? Egal wie ich mich ent-scheiden werde, wenn ich Viktor gefunden habe, viel-leicht möchte ich die Worte bei mir haben. Egal, für welchen Weg ich mich entscheide. Ich möchte sie gerne bei mir haben. Meine Geschichte. Meine Geschichte mit Viktor. Toris kurzes Leben. Ich werde sie auf den Stick ziehen, den Tori mir geschenkt hat, in den letzten Wochen, wo es ihm noch gut ging. Bevor seine Nieren versagten. Der Stick ist rot und hat die Form eines Herzes. Mit einem kleinen Knopf auf der Rückseite kann man den USB Stecker ausfahren. Tori fand das Kicken bemerkenswert. Er sagte: „Es hört sich an wie eine dicke Träne, die auf einen Marmorboden fällt."

Ich werde die Polizei anrufen. Ich werde ihnen alles erzählen.

Ich will fortlaufen.

Ich will einfach nur noch schlafen – ohne zu träumen.

Ich wünschte, es wäre jemand hier, der mir sagte, was ich tun soll. Ich wünschte, jemand nähme mich bei der Hand und würde mir sagen, dass alles gut wird.

Ich sehe Tori vor mir, in seinen letzten Tagen. Seinen kleinen Körper in dem großen Krankenhausbett. Sein blasses Gesicht, seine geschwollenen Finger. Seine dürren Ärmchen, in denen sich die Kanülen aneinander reihten. Sein apathischer Blick. Tori war so jung, so klein, so zart, so wunderbar. Er hätte noch so viel Leben verdient. Viktor hätte Tori retten können. Wenn er ihm eine Niere gespendet hätte...dann wäre ich niemals auf die Idee gekommen, Toris DNA mit der von Viktors zu vergleichen. Tori wäre mein Kind geblieben. Ich wäre seine Mutter geblieben. Tori hätte bestimmt noch einige schöne Jahre gehabt. Er wäre vielleicht vierzehn oder fünfzehn geworden. Vielleicht hätte in dieser Zeit die Gentherapie große Fortschritte gemacht. Ich hätte ein Kind gehabt. Die Wahrheit über Toris Herkunft hat alles zerstört. Am Ende war ich noch nicht einmal mehr Toris Mutter.

Viktor hat mir alles genommen. Tori ist Viktor. Viktor ist Tori. Was habe ich nur getan?

Ich...bin so alleine.

Jetzt werde ich das Magnetotron gleich öffnen.

Aus dem Rhein-Spiegel – Zeitung
für das Rheinland

Drei Wochen nach dem Großbrand
bei Ifowa (diese Zeitung berichtete) haben Polizei und
Feuerwehr auf einer gemeinsamen
Pressekonferenz den vorläufi-
gen Abschlussbericht vorge-
stellt. Demnach gilt inzwischen
als gesichert, dass der Brand
durch einen Defekt in einer der
Versuchsanlagen entstand. Vermutlich war die Kühlung der
starken Elektromagnete, die Bestandteil der Anlage waren, defekt. Die Brandbekämpfung war
aufgrund der bei Ifowa gelager-
ten Chemikalien und radioaktiven Substanzen schwierig. Eine
geringe Menge Radioaktivität
war in die Umwelt gelangt. Jedoch versicherten das Landesum-
weltamt und das Amt für Reak-
torsicherheit und Strahlen-
schutz, dass eine Gefährdung
der Bevölkerung zu keinem Zeitpunkt bestanden hätte. Umwelt-
organisationen zweifeln diese
Darstellung an. Nach wie vor
ist nicht rekonstruierbar, welche Chemikalien und radioaktiven Substanzen in welchen Mengen bei Ifowa gelagert wurden.
Das zuständige Umweltamt konnte
noch nicht darlegen, warum es
hier keine regelmäßigen Kon-
trollen gegeben hat.

Inzwischen konnte laut Polizei auch zweifelsfrei nachgewiesen werden, dass der Gründer und Leiter von Ifowa, Prof. Dr. Viktor von Braunmühl, in dem Flammeninferno umkam. Eine DNA-Analyse der stark verkohlten Skelett-Reste konnte ihm zugeordnet werden. Aufgrund des langen und intensiven Brandes war dieser Nachweis sehr schwierig, wie Dr. Peter Ozaneux vom forensischen Institut der Universität auf der Pressekonferenz ausführte. Man suche weiterhin in den sichergestellten Trümmern nach DNA-Spuren der ebenfalls vermissten Frau von Dr. Braunmühl, Hanna von Braunmühl. Von ihr fehlt seit dem Abend des Brandes jede Spur. Ihr Tod gilt als wahrscheinlich. Überreste ihres Wagens konnten in der eingestürzten Tiefgarage des Instituts identifiziert werden.

Viktor und Hanna von Braunmühl hatten erst vor kurzem ihren einzigen Sohn verloren. Viktor von Braunmühl war durch seine Forschungen zum Altern bekannt geworden. Er war der Sohn des Chemie-Nobelpreisträgers Karl-Dietrich von Braunmühl und wurde in den letzten Jahren immer wieder als möglicher Kandidat für den Medizin- und Chemie-Nobelpreis gehandelt.

Dank an meine Lektoren Jens und Tim.

www.tredition.de

Über tredition

Der tredition Verlag wurde 2006 in Hamburg gegründet. Seitdem hat tredition Hunderte von Büchern veröffentlicht. Autoren können in wenigen leichten Schritten print-Books, e-Books und audio-Books publizieren. Der Verlag hat das Ziel, die beste und fairste Veröffentlichungsmöglichkeit für Autoren zu bieten.
tredition wurde mit der Erkenntnis gegründet, dass nur etwa jedes 200. bei Verlagen eingereichte Manuskript veröffentlicht wird. Dabei hat jedes Buch seinen Markt, also seine Leser. tredition sorgt dafür, dass für jedes Buch die Leserschaft auch erreicht wird
Autoren können das einzigartige Literatur-Netzwerk von tredition nutzen. Hier bieten zahlreiche Literatur-Partner (das sind Lektoren, Übersetzer, Hörbuchsprecher und Illustratoren) ihre Dienstleistung an, um Manuskripte zu verbessern oder die Vielfalt zu erhöhen. Autoren vereinbaren unabhängig von tredition mit

Literatur-Partnern die Konditionen ihrer Zusammenarbeit und können gemeinsam am Erfolg des Buches partizipieren.

Das gesamte Verlagsprogramm von tredition ist bei allen stationären Buchhandlungen und Online-Buchhändlern wie z. B. Amazon erhältlich.

e-Books stehen bei den führenden Online-Portalen (z. B. iBookstore von Apple) zum Verkauf.

Seit 2009 bietet tredition sein Verlagskonzept auch als sogenanntes "White-Label" an. Das bedeutet, dass andere Personen oder Institutionen risikofrei und unkompliziert selbst zum Herausgeber von Büchern und Buchreihen unter eigener Marke werden können.

Mittlerweile zählen zahlreiche renommierte Unternehmen, Zeitschriften-, Zeitungs- und Buchverlage, Universitäten, Forschungseinrichtungen, Unternehmensberatungen zu den Kunden von tredition. Unter www.tredition-corporate.de bietet tredition vielfältige weitere Verlagsleistungen speziell für Geschäftskunden an.

tredition wurde mit mehreren Innovationspreisen ausgezeichnet, u. a. Webfuture Award und Innovationspreis der Buch-Digitale.

tredition ist Mitglied im Börsenverein des Deutschen Buchhandels.

Zeitfracht Medien GmbH
Ferdinand-Jühlke-Straße 7
99095 Erfurt, Deutschland
produktsicherheit@kolibri360.de